插图本中国古典文学丛书

陈 虎 / 主编

周建忠 / 著

楚辞

河北出版传媒集团
河北教育出版社

图书在版编目（CIP）数据

楚辞 / 周建忠著；陈虎主编．－－ 石家庄：河北教育出版社，2022.3
（插图本中国古典文学丛书）
ISBN 978-7-5545-6950-4

Ⅰ．①楚… Ⅱ．①周… ②陈… Ⅲ．①楚辞研究 Ⅳ．① I207.223

中国版本图书馆 CIP 数据核字（2022）第 022387 号

书　　名	楚　辞 CHUCI
主　　编	陈　虎
作　　者	周建忠
策　　划	刘贵廷　王书华
责任编辑	曹　智
装帧设计	郝　旭
出　　版	河北出版传媒集团 河北教育出版社　http://www.hbep.com （石家庄市联盟路705号，050061）
印　　制	保定华升印刷有限公司
开　　本	880毫米×1230毫米　1/32
印　　张	5.875
字　　数	112千字
版　　次	2022年3月第1版
印　　次	2022年3月第1次印刷
书　　号	ISBN 978-7-5545-6950-4
定　　价	32.00元

版权所有，侵权必究

总　序

　　汉字是世界上最古老、最悠久的一种语言文字，也是世界文明园地中表现力最丰富的一种交流工具。用这种最富表现力的工具作为载体的中国古代文学，也就必然具有与世界其他文学样式所不同的思想、艺术特征。由于中国社会是带着强烈的人文、理性色彩进入阶级社会的，所以在此土壤中生长出来的各种文化因素都无一例外地带有其鲜明的本质特征。中国的古代文学也不例外，她作为世界上最悠久的文学样式之一，带着鲜明的人文色彩和理性精神，经历了三千多年的持续发展历程，以其辉煌的成就，已成为中国传统文化中一支散发着奇异馨香的奇葩，成为全人类文化遗产中的艺术瑰宝。

　　产生于浓厚人文、理性色彩这一肥沃土壤中的中国古代文学，极为重视文学作品的思想性，强调文以载道的教化作用，所以在内容上偏重于政治和伦理道德主题。将文学视为政治的附庸和说教，一直被当作一种无可非议的价值倾向。所以，君臣的遇合、民生的苦乐、宦海的浮沉、战争的胜败、国家的兴亡、人生的聚散、纲常的序乱、伦理的向背等，一直是中国古代文学的主旋律，无论是诗歌、散文、小说还是戏曲，大都如此。这一方面使得中国古代文学蕴含着浓郁的政治热情、进取精神和社会使命感，另一方面又强烈地抑制了古代文人自我情欲的释放、自由个性的迸发以及自我意识的开掘，尤其是"存天理、灭人欲"的社会观念的束缚，使中国古代文学完全被笼罩在了理性主义的烟霭之中。从春秋战国时期如处子、名媛般的《诗经》《楚辞》，汉魏六朝的丰碑巨制，唐诗、宋词的不朽咏唱，悲怆倾诉的元曲，一直到明清时期的人生画卷，无不表现了先哲先贤们对社会、对国家、对民族的激越情怀，以及对宇宙世界的无限期待，从中透露着千古风流人物的奋斗历程，以生动而具象的形式体现了中国文化的基本精神和中华民族的文化心理特征，广泛而深刻地反映着中国传统文化其他部分的内容，使人们深切地领略到了中华民族文化的博大久远。这是我们中华民族的骄傲，更是我们民族赖以凝聚、发展、强盛的巨大能源所在。

作为中国传统文化中最重要、最具活力的组成部分，中国古代文学又生动而深刻地体现着中国文化的基本精神，对现代中国乃至世界文明的发展都产生了广泛而深远的影响。唐诗、宋词中的名篇警句至今脍炙人口，元杂剧、明清小说中的故事、人物至今家喻户晓，其中所蕴含的审美功能和认识功能历久弥新。因此，中国古代文学作为中国传统文化中最容易为现代人理解、接受的一种文化形态，是现代人与传统文化之间实现沟通的最直接的桥梁，也是世界其他文化背景下的人们了解中国文化的最佳窗口。

在科学技术迅猛发展的当代社会，人们的生活、观念正发生着巨大而深刻的变革，面对纷至沓来的现代科技和汹涌而至的各种思潮，人们仍能深切地感受到中国传统文化无所不在的巨大力量。人们渴望了解这种无形的力源，于是，绚丽多姿的中国古代文学就成了人们首要的注目之所。但由于各种原因所致，以往有关中国古代文学的诸多著作物，基本上都是写给那些从事专业研究者的，其中承载了过于厚重的道德和伦理内涵，因而理论性太强，显得生硬枯燥，将文学史上生动活泼、充满人间喜怒哀乐的鲜活笼罩在了黑厚的布幕之下。通过这些厚重的学术著作，人们根本无法了解鲜活、丰润的中国古代文学。而那些林林总总的古代诗、文选译本，又显得过于割裂和琐碎，读者很难从中领略中国古代文学活脱的发展脉络。因此可以说，目前社会上很难找到适合于普通读者需要的有关古代文学的趣味性读物，于是我们策划了这套《插图本中国古典文学丛书》。丛书共十本，是面向具有中等以上文化程度的读者介绍中国古代文学基本知识的图文并茂的大众普及性读物，主要内容包括按照历史发展线索，介绍中国古代文学体裁

方面的基本知识,以及相关作家、作品对其产生的影响等,基本涵盖了传统学术话语里中国古代文学中最精彩、最具吸引力而又最为人们喜闻乐见的内容。

陈虎

2021年6月

目 录

壹 奇峰突起——轩翥诗人之后

（一）《楚辞》的形成 / 002

（二）屈原是一个谜 / 004

贰 激楚之声——楚文化的"合力"

（一）"我乃蛮夷" / 014

（二）令人惊艳的物质文化 / 016

（三）巫风与哲思 / 019

叁 惊采绝艳——《楚辞》的主要内容

（一）以橘为友，江离饰芳华 / 022

（二）湘水神话，绣似锦繁花 / 032

（三）茕独不迁，离骚悲白发 / 048

（四）灿烂星河，百问惊天下 / 095

（五）哀郢怀沙，河山空自嗟 / 136

肆 浪漫多情——《楚辞》的文学特征

（一）想象奇异 / 166

（二）情感炽热 / 168

伍 日月齐光——华人处处是端阳

（一）楚辞的地位与影响 / 172

（二）一人独享的节日——端午 / 177

壹

奇峰突起

——轩鬻诗人之后

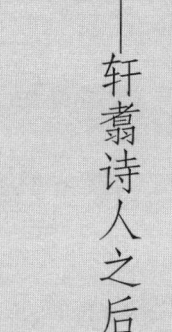

历史是无情的,也是公平的。一个当时不被人们重视、理解的历史人物,特殊的遭遇与归宿,使他独"享"一个节日(端午节);独具个性的创作,使他独"成"一门学科(楚辞学或屈学)——这就是屈原和楚辞的永恒魅力。

(一)《楚辞》的形成

《诗经》和《楚辞》是我国古代文学的两个源头。《诗经》在古代被尊为经,是孔门"六艺"之一,可见其地位之尊崇。现存《诗经》按风、雅、颂三类编辑,共305篇。这些诗一般有两个来源,一是"采诗",由官方派出专门的工作人员从民间采集诗歌;二是"献诗",由公卿大夫所献上。《诗经》的编订,有孔子"删诗"之说,可见孔子对《诗经》进行过整理,他建立的"诗教"传统,深刻影响着后世中国文学。

风骚并称,由来已久,为诗歌创作之典范。如宋代朱熹云:"三百篇,性情之本。《离骚》,辞赋之宗。学诗不本于此,是亦浅矣。"而与《诗经》这一诗歌总集不同,楚辞却几乎是屈原个人的创作。楚辞的中心和灵魂是屈原,没有屈原不可谈楚辞。从现存文献来看,在以《诗经》为代表的四言诗衰歇之后的几百年间,甚少有诗歌留存下来。于是,楚辞这种独特的文学样式似平地而起,高唱于战国纷争离析之时。中国是诗的国度,而风骚铸诗魂。梁启超说:"吾以为凡为中国人者，须获有欣赏楚辞之能力，乃为不虚生此国。"鲁迅认为："其影响于后来之文章，乃甚或在三百篇以上。"梁、鲁二人是文学研究大家，尚且对楚辞如此推崇，可见楚辞在中国文人心目中崇高的地位。

"楚辞"这个词最早见于司马迁的《史记·酷吏列传》，说明这个名称形成于西汉初年，屈原时代没有"楚辞"这个概念，也即说在屈原活着的时候并没有人说他创作的是"楚辞"。在漫长的历史发展过程中，"楚辞"一词已具有多重意义：一是诗体，指战国时代楚国地区的一种新的诗体；二是作品，指战国时代一些楚国人以及后来一些汉代人用这种诗体所创作的一批作品；三是书名，指汉代人辑选以上作品而形成的一部书。

关于《楚辞》的辑集与传播，战国时的史籍、先秦文献只字未提。那么《楚辞》这本书是如何形成的？研究者一般认为，《楚辞》一书，既非出自一人之手，也不是出于一个时代，它是不同的时代由不同的人逐渐纂辑增补而成的，自战国至东汉，历三四百年才最终形成我们今天看到的《楚辞》一书。这与我们现今所看到的先秦古籍具有近乎相同的辑集特征，是古书通例。

司马迁在《史记·屈原贾生列传》中说："余读《离骚》《天问》《招魂》《哀郢》，悲其志。"仅提到四篇屈原作品，而班固《汉书·艺文志》著录有《屈原赋》25篇。25篇具体所指,说法不一,尚有争议。学界一般认可《离骚》《天问》《九歌》《九章》是屈原的作品,而《招魂》《远游》《卜居》《渔父》《大招》诸篇都受到古今学者怀疑。总的来说,《离骚》《天问》《九歌》《九章》构成了屈原作品的基本风格。

(二)屈原是一个谜

《离骚》开头即云"帝高阳之苗裔兮,朕皇考曰伯庸",这显然是楚辞的创立者和代表作家——屈原自叙其家世渊源。屈氏家族我们最早能追溯到的就是帝颛顼高阳氏。据研究,屈氏在春秋、战国时期均为大姓,历久不衰。它源于楚王族,"与楚同姓"。其在战国时期,尤其是楚怀王时期,还是职务较高、势力较大、责任较重、人数较多的贵族大姓,楚史中时时可见屈氏子孙参与国事。从整体上来看,血统高贵、家脉绵长的屈氏家族有鲜明而强烈的传统与家风,这就是忠君爱国,为楚王、为楚国效力,自觉主动、无怨无悔,愿意献出自己的青春热血、才干乃至生命,这也是屈原精神理想的源泉。

◎屈原题跋版画像

屈原的生年和卒年不详,诸

说不一。屈原生活于楚怀王、楚顷襄王时代，而这两位君王的盛年和卒年及在位年月都是很明确的，所以，屈原的生平可以他们二人的准确生平为参照。

我们现在能确定屈原出生的准确内证只有两句话："摄提贞于孟陬兮，惟庚寅吾以降。""摄提"是星的名称，"孟陬"是天空中的一个区域。这两句是说：一个星宿到了这个区域，在庚寅年庚寅月庚寅日我从天上降生。由于对这两句理解不一，屈原的出生时间就有了各种各样的说法。我们大致确定屈原出生时间为公元前340年左右。至于屈原哪一年哪一月去世，我们现在也无法确证，只能根据《哀郢》《怀沙》《史记·楚世家》等进行推测。黄文焕《楚辞听直》将其定为顷襄王十年（前289年），林云铭《楚辞灯》将其定为顷襄王十一年（前288年），蒋骥《山带阁注楚辞》将其定为顷襄王十三至十六年（前286年~前283年）。总之，屈原的生卒年暂无定论。

屈原在楚怀王继位不久后得到重用，出任左徒，当是他比较年轻，是希望有所作为的时候，史称其博闻强志，明于治乱，娴于辞令。入则与怀王图议国事，以出号令；出则接遇宾客，应对诸侯。上官大夫与之同列，心害其能。怀王派屈原起草改革朝政的宪令，在草拟阶段，上官大夫代表保守势力要修改其中有关条文，屈原不同意。上官大夫恼怒异常，谗于怀王曰："王使取平为令，众莫不知，每一令出，平伐其功，以为非我莫能为也。"刚愎自用、感情用事的怀王"怒而疏屈平"。屈原后任三闾大夫,掌王族三姓,曰昭、屈、景,"序其谱属,率其贤良,以厉国士"(王逸《楚辞章句》)。

楚怀王十六年(前313年),秦惠文王欲伐齐,令张仪厚币委质事楚,诱以商、於之地六百里,使绝于齐。怀王贪而信张仪,遂绝齐。结果受骗,未得其地,怀王怒而伐秦,秦楚由是交兵。怀王十七年(前312年),秦大破楚师于丹、淅之地,斩首八万,虏楚将屈匄,取楚汉中地六百里。怀王十八年(前311年),秦因暂不能灭楚,且齐楚恢复邦交,愿割所占汉中之半壁以合楚,怀王曰:"愿得张仪,不愿得地。"于是张仪又至楚,楚国用事者靳尚、怀王宠姬郑袖得仪重赂,使怀王释张仪。时屈原出使齐国刚返,谏怀王曰:"何不杀张仪?"怀王悔,追张仪不及。怀王二十四年(前305年),楚背齐合秦,到秦国迎娶。一向坚持联齐抗秦的屈原因反对怀王合秦,被贬斥到汉北之地,《抽思》曰:"有鸟自南兮,来集汉北。"怀王二十八年(前301年),秦与诸侯兵击楚,杀楚将唐昧,取重丘之地。怀王二十九年(前300年),秦复攻楚,大破楚,杀卒二万,将军景缺死。怀王三十年(前299年),秦复伐楚,取八城。时秦昭王欲骗怀王入武关,怀王轻信欲行,屈原谏曰:"秦,虎狼之国,不可信,不如毋行!"怀王之子子兰劝行,曰:"奈何绝秦欢?"怀王卒行,果为秦扣留。楚立怀王子横为王,是为顷襄王,以其弟子兰为令尹。顷襄王三年(前296年),怀王客死于秦而归葬,"楚人怜之,如悲亲戚",楚人由是责怪子兰劝怀王入秦，于客观上肯定了屈原判断之准确。子兰乃唆使上官大夫向顷襄王诽谤屈原，顷襄王果然大怒而将屈原从汉北放逐到江南地区。屈原"上洞庭而下江"，辗转沅、湘一带，故都日远，长年不复，"被发行吟泽畔，颜色憔悴，形容枯槁"，于无可奈何之际，自沉于汨罗江。

关于屈原的生平资料，我们现在见到的最集中、最早、最权威的记载就是《史记·屈原贾生列传》。除之以外，与屈原相关的材料还有几个：第一个是署名为西汉刘向的《新序·节士》，其中提到了一些零碎的屈原资料。刘向是西汉宗室，他和其子刘歆是中国图书学、目录学的始祖，整理了一大批古籍。现存许多古书都是经过他们父子之手整理而流传下来的，如《战国策》等，其对中国古文献、文化的保存具有不朽的功绩。第二个是东汉王逸的《楚辞章句》。王逸是第一个整理、注释屈原作品的学者。他在注释中涉及了一些屈原的生平情况，如任三闾大夫、

◎（明）陈洪绶《屈子行吟图》（局部）

《天问》的创作原因等等。第三就是民间传说。比如民间传说说屈原选择了五月初五这一天自杀，说赛龙舟是去抢救抱石投河的屈原，说端午节吃粽子是为了怀念屈原。唐代沈亚之也创作了小说《屈原外传》。这些都是汉魏以后的资料。第四个就是从屈原自身的作品中发掘出的有关资料。这些资料主要是带有自传性质的，如《离骚》《九章》。第五个是汉代的楚辞作品。汉人楚辞皆为模拟屈原作，往往代屈原立言，他们写的时候，"我就是屈原"，如《七谏》《九怀》《九叹》《九思》等。东方朔《七谏·初放》云："平生于国兮，长于原野。"可见屈原生于楚国都城郢都，长于秭归一带"原野"。这是我们见到的关于屈原出生地点的最早、最原始的记载。根据以上几类材料，我们首先应该相信屈原的作品，其次相信汉代人，汉代以后的传说就不太可靠了。

屈原生平史料的匮乏与歧异造成后人研究的巨大困难，从屈原的生平到作品，从宏观到微观，到处充满着争议，留下了令人神往又望而却步的十大谜团。如果谁能解释其中之一，就可能成为著名楚辞专家。这十大谜团是：

第一，为什么先秦所有的书都没有提到屈原？这显然是一个两难：在当时的人看来，屈原是一个神经不正常的人，但"楚狂"接舆都有人提到，为什么屈原没有人提到？这也是"屈原否定论"产生的一个根源。历史上的屈原是一个真实的存在，当时的人为什么又如此冷漠忽略了他的存在？这些问题恐怕只能从屈原个性方面寻找解答，也期待考古上的新发现。

第二，楚辞是怎样从战国时期传至汉代的？考古发现，出土的汉代初年的墓里面有楚辞，汉武帝时有人读楚辞。我们必须寻找战国中后期至汉代初年楚辞传播的线索或痕迹。

第三，为什么屈原作品中不涉及家庭情况而又有深刻的爱情婚姻体验？《九歌》中，屈原的爱情体验最深。梁启超也说过："最奇怪的一件事，屈原家庭状况如何，在本传和他的作品中，连影子也看不出。"

第四，为什么屈原作品从不直接涉及当时的国家大事，而将视野投向遥远的神话传说？他作品中提到的人基本上是古代的，同时代的人一个也没有提到。时代越远他讲得越多，如夏、商、西周人讲得最多，春秋时期讲得很少。

第五，为什么《天问》不问炎、黄二帝，不问颛顼，不问伏羲？在出土文献中，我们发现以伏羲为代表的道家文化比比皆是，但是屈原在其作品中没有提到伏羲以及其他上古人物。为什么屈原的作品从来没有提到先秦诸子，如孔子、老子、墨子等？别的人都互相提到了，如《庄子》中有《天下篇》，《荀子》中有《非十二子》，只有屈原的作品里没有提到同时代的人。

第六，屈原作品的艺术水平之高，如异峰突起，但屈原作品的"上源"、它的"发展线索"是难以描述的。有人说楚辞受到《诗经》的影响，这个说法基本上是不正确的。屈原读过

《诗经》是可能的,但屈原作品中所表现的意识形态和艺术形式,一些人类学家、艺术家,包括神话学家,都认为早于《诗经》。《诗经》基本上是面对现实,很少涉及神话,如果说有一点神话的话,也只是夏、商、周三代尤其是周代的始祖神话。总之,《楚辞》的上源和发展线索都是难以描述的。我们现在能找到的仅是楚地的一些民歌、中原的一些民歌和神话。

第七,如何对楚辞与楚文化、中原文化的关系作出纵横交叉的双向描述?关于楚辞的文化渊源,存在两种意见。一种意见认为其主要来自中原文化,一种意见认为其主要来自楚地本土的文化。现在我们看到,楚辞既有中原文化的影响,又有当地文化的影响。我们现在可以从考古发掘的角度来证明楚辞源于中原文化,楚国的土著文化线索曾发生中断。考古学最大的难题就是文化的中断,我们很难将前后的文化连贯起来,只能知道一个时期一个横断面的具体信息。因此,对楚辞与楚文化、中原文化的关系作出纵横交叉的双向描述是很困难的。

第八,如何把握屈原作品与苗族文化、古傩、民间文学作品的关系。现在看来,屈原流放地在苗族居住区,也就是在汨罗江玉笥山一带。现留存下来的苗族民间文学都经过了加工、润色,显然已经不是苗族文化的原生形态。所以,楚辞与少数民族文化的关系是难以描述的。

第九,如何把握屈原作品中抒情主人公"我"与屈原本人的关系?这也是我们解读屈原作品的一个难点。屈原作品中的

"我"是一个虚拟的人物。比如《离骚》虚拟有"灵氛""巫咸""女媭",而"名余曰正则兮,字余曰灵均"则告诉我们,这个名"正则"、字"灵均"的人,就是作者屈原的化身,是屈原自我虚构的一个抒情主人公。如果我们把"正则""灵均"直接和屈原画等号,那就是错的。那么"正则""灵均"身上有没有屈原的影子?肯定有。他是屈原精神思想矛盾、彷徨、苦恼的载体。但一般读楚辞的人,往往将"正则"或"灵均"的话,直接等同于屈原的话,而不再作区分。

第十,如何看待从楚辞中发掘或比附屈原生平事迹这一特殊现象?屈原生平事迹的历史记载本来就是比较少的,所以有些人就从楚辞作品中寻找或发掘(实际上是推测、假设、虚拟)屈原的一些生平事迹,反过来又用这些发掘出来的生平事迹再来解读屈原作品。这叫循环论证,方法不科学。

所以,要走进屈原的世界是比较困难的,屈原研究中存在种种谜团,有待于我们进一步研究。而研究的基础是热爱,我们只有热爱楚辞并自觉接受优秀的古代文学遗产,才能知古鉴今,不枉做一个中国人。

贰 激楚之声
——楚文化的『合力』

（一）"我乃蛮夷"

我们已经简单了解屈原其人，下面就来"论其世"，简单了解楚辞这一奇葩产生的文化沃壤。楚人源出上古的祝融部落，屈原《离骚》中有"朕皇考曰伯庸"，就是屈原自叙其先祖为祝融之语。《国语·郑语》云："夫黎为高辛氏火正。"祝融为掌火之官，司火祭天。楚人尤为崇拜其远祖祝融。高辛氏即帝喾，也就是舜帝。屈原《离骚》中曾"就重华而陈词"。楚辞中有不少描述舜与二妃的传说以及舜南征而野死的故事。祝融是帝舜的属官，是楚人依附中原这一历史的缩影。后来，大概在中原强邻的打击下，祝融部落分为八支。其中的芈姓一支，在商代不得不迁至今天的河南西南、湖北西北地区，与世代居于南方的荆蛮杂处，经过多年的民族融合，被称为荆人。

商代末年，荆楚酋长鬻熊依附周文王。其后，周成王封熊绎"于楚蛮"，"号为子男五十里"，从此以往，楚人才有了合法地位，得以立国。周王朝封楚只是出自其政治目的，因其政治、军事力量尚不能到达遥远的南方，只得承认楚国在楚蛮地区的事实。周王朝对楚国始终是歧视的，既不允许楚人与诸夏平起平坐，更不允许楚人发展壮大。长期生活在狭仄的国土境内，使得楚人产生了强烈的忧患意识。严重的民族歧视，又大大激发了楚人独立自主、富国强兵、奋发有为的民族性格。

《诗经·小雅·采芑》记录了周宣王时伐楚的史实,"蠢尔蛮荆,大邦是仇"的诗句,既反映了周王朝对楚人的鄙视与不了解,又反映了楚人勇于与强权政治作斗争的精神。楚人凭着"筚路蓝缕,以启山林"、艰苦创业立国的精神,国力不断强大。周夷王时,楚君熊渠便乘西周王朝不暇之机,率领楚人闯出荆睢地区,开辟鄂东,并宣称"我蛮夷也,不与中国之号谥",且"立其长子康为句亶王,中子红为鄂王,少子执疵为越章王"。这样张扬的"越僭"行为可谓公然挑战周天子的权威,敢于以蛮夷自居,毫无自卑之风概,可见楚人行事的独特之处,一定程度上反映了楚国由于国力渐盛而自信起来。尽管不久楚就去其王号,但楚人的言行却一鸣惊人,吐露了楚人因长期受歧视、打击而郁积在胸的不平之气。楚王熊通则公开"僭号称王",在征伐随国时,向中原诸夏宣告:"我蛮夷也。今诸侯皆为叛相侵,或相杀。我有敝甲,欲以观中国之政,请王室尊吾号。"(《史记·楚世家》)楚人趁天下大乱之际,同心同德,开疆拓土,日益强盛。直至这时,中原诸侯才终于正视楚国的强大。他们对之十分惊恐和仇视,"五霸"之一的齐桓公联合诸侯伐楚,但惮于楚人"方城以为城,汉水以为池"的大无畏的勇敢卫国精神,终究不敢兵戎相向,只得与楚结盟而还。至楚庄王时,楚国"并国二十六,开地三千里"(《韩非子·有度》),强大到饮马黄河,欲问鼎中原,让诸夏甚为惊恐和愤怒。

由于楚人长期受周王室及诸夏的歧视、打击,楚人具有强烈的忧患意识,形成了"南蛮"本位的民族观念,而更显爱国。这些都是楚人的优良传统,而在屈原作品中有或隐或显的表现。

由于上述历史原因,使得楚人具有极强的楚本位意识,他们并不臣服于中原文化,从而具有了一些自身的特点。而屈原身处战国中后期这一"大融合"的时代潮流中,加之"博闻强志,明于治乱,娴于辞令"的精湛修养,必然构成更高层次的南北文化融合,并在"集大成"的基础上自铸伟辞,达到"气往轹古,辞来切今,惊采绝艳,难与并能"(《文心雕龙·辨骚》)的艺术境界。

(二)令人惊艳的物质文化

一地的物质文化是精神文化的基础。楚地本少数民族杂居之地,种植水稻,刀耕火种,农业技术不较中原发达。但至屈原时代,这里的农业生产技术也取得了发展与飞跃。据农业考古发现,这时已经广泛使用铁农具,畜牧业也非常发达。《离骚》中有句云:"畦留夷与揭车兮,杂杜衡与芳芷。""畦"是垄种,"杂"是间种,这是农业生产的两种方式,说明楚国在战国时候农业生产技术已经相当发达。种植方式的调整促进了产量的大幅度提高与生产水平的提升。垄种是一垄一垄地种,不论麦子还是稻子，采用这种种植方法，产量都会大大提高；间种是对季节限定的一种有效利用，是一种智慧与技术的体现。尤其可贵的是，连屈原这样的贵族诗人，都能够如此熟悉农业生产的基本情况与发展走向。

但如果仅仅重视农业生产，尚不足以说明楚国在短期内取得如此巨大成就的原因。楚国地大物博，有着极为丰富的资源。中原列国出于生活和战争的需要必须与楚国进行贸易，这样楚国的工商业便得到了迅猛发展。从考古发现来看，这一时期的楚墓中出土了大量的青铜制品，楚国疆域内也发现了多处当时的矿址。据研究，楚国在西周早中期，已经有了自己的青铜冶铸业。直至春秋中期以前，楚铜器的形态与中原地区并没有多大差别，同属周文化系统。如果只有继承、模仿而没有创造，就不会有楚青铜文化的特征。而在此之后，楚人逐渐发展并形成了自己的青铜铸造特色，掌握了高超的青铜冶炼、铸造技术，从而制造出为今人所惊叹、震撼的青铜工艺品。这一时期的楚器风格鲜明，与同时期中原器形有异，让人一看就知是楚物。屈原所处的时代，恰恰是楚国由盛转衰的关键期，而战国末年楚灭亡之后，楚铜器的衰落阶段终结了。青铜器铸造工艺的发展，几乎折射出整个楚国的兴衰史。

除了采矿业、冶炼业、铜铁器铸造业之外，这一时期楚国的漆器工艺、丝织业、建筑业等，都在诸国中处于领先地位。漆器工艺比较复杂，有制胎、涂漆、描绘花纹等制作工序。从出土实物来看,这类将装饰与实用巧妙结合起来的工艺品,其技艺简直鬼斧神工,让人叹为观止。与漆器上的精美花纹一样,这一时期楚国的丝织业也傲视群雄。各种形象的龙凤纹饰,把楚人的造型艺术和审美追求及生活理想都生动地表现出来。这些有意味的艺术符号都是对楚文化的生动诠释。

◎ 张大千《天问图》

楚国宫室建筑是楚国土木工程中最璀璨夺目的明珠。楚之离宫别馆遍布江汉之间广袤的土地上。灵王章华台,瑰丽雄伟,号称"天下第一台"。楚人因地制宜,将自然和人工巧妙结合,如其建筑之装饰、室内之布置、雕饰刻镂精微绝伦可见之于《招魂》,壁画规模之宏伟可见于《天问》。现录《楚辞·招魂》篇描写王宫建筑之美的诗句,如下:

> 高堂邃宇,槛层轩些。层台累榭,临高山些。网户朱缀,刻方连些。……砥室翠翘,挂曲琼些。翡翠珠被,烂齐光些。蒻阿拂壁,罗帱张些。纂组绮缟,结琦璜些。……翡帷翠帐,饰高堂些。红壁沙版,玄玉梁些。仰观刻桷,画龙蛇些。

透过这些，我们看到了屈原生活的时代风尚，看到了他毕生眷恋着的楚国，这是何等富庶而繁荣、何等独特的父母之邦！

（三）巫风与哲思

原始宗教的职能在于培养信仰者对所崇拜对象的虔诚情感，以此求得神灵的恩赐，尽管其祈福的方式多有不同。而巫正是楚人沟通民神的中介，他们通过音乐、舞蹈表演来愉悦神灵。王逸说："昔楚国南郢之邑，沅湘之间，其俗信鬼而好祠，鼓舞以乐诸神。"而诗、乐、舞是三位一体的，我们可以从《九歌》《招魂》等作品中推想当时楚国巫风之盛。不仅民间淫祀极盛，且楚国上层贵族乃至君王也对此颇爱好。因此，楚国浓厚的巫风，不仅诱发了《楚辞》中具有宗教祭歌性质的作品的创作（如《九歌》），另外也为其他楚辞作品提供了一些创作模式，如《离骚》等作品中有较大篇幅描写巫咸降神，这无疑是楚地巫风的直接映射。

巫术是楚人沟通天人带有神秘色彩的思维、行为方式，相比之下，楚人的哲学思想则更具理性之光。

春秋末期，在吴起的推动下，楚国进行了改革。他厉行法治，打击贵族，实行中央集权统治。这场变革以吴起的被害而告终，但新法家与旧奴隶主的政治斗争仍在继续。继吴起之后,在楚国主张变法的代表人物就是屈原,他是楚国黄老之学的传播者。

地分南北。北方哲学显示出理性的缜密,如《孟子》面对现实,循循善诱,以理辩驳,议论风发;《荀子》远虑深谋,缜密推理,深厚渊博,平心而论;《韩非子》知微察变,条分缕析,高屋建瓴,峻峭刚强。而南方哲学则显得浩大邈远,如《老子》《庄子》,杳冥深远,旨远意隐,纵而后返,寓实于虚,肆以荒唐谲怪之词,茫乎其不可测。道家思想由老子创立后,进一步有两条思想发展的路线,其一是庄子学派在心灵境界层面对老子思想的承继和发挥;其次是黄老学派侧重对现实社会层面的关注,而将老子的道论结合刑名、法术等内容展现的新的思想面貌(陈鼓应《管子四篇诠释》)。老子为楚人,庄子与屈原大致同时,楚地本是道家学派的大本营。道家关注宇宙本体,极具独立意识和自由精神,而楚民族由于深受诸夏歧视,在这一点上是有相通之处的。但老、庄的理想不过是乌托邦,虚幻而缥缈。又,当时齐国稷下黄老之学正盛,屈原曾两次出使齐国,受此影响自是当然。

以上一章,我们简单介绍了楚辞产生的文化背景,下一章我们将进入屈原的诗歌世界,重点解读并赏析屈原的代表作品。

叁

惊采绝艳
——《楚辞》的主要内容

（一）以橘为友，江离饰芳华

橘　颂

原文	今译
后皇嘉树，	橘啊，你这天地间的嘉树，
橘徕服兮。[1]	生下来就适应当地的水土。
受命不迁，	你秉持着贤贞的品性，不再迁徙，
生南国兮。[2]	生于南方，扎根南方。
深固难徙，	你根深蒂固，难以迁徙，
更壹志兮。[3]	那是你意志专一啊。
绿叶素荣，	绿叶呀，映衬着白花，
纷其可喜兮。[4]	枝叶繁茂，惹人欢喜。
曾枝剡棘，	枝儿层层，刺儿锋利，
圆果抟兮。[5]	还有那圆满的果实啊。
青黄杂糅，	青中闪黄，黄里带青，
文章烂兮。[6]	色彩多么的绚丽！
精色内白，	外观精美，内心洁净，
类可任兮。[7]	像那可负重任的贤者，表里如一。
纷缊宜修，	香气浓郁啊，修饰得体，
姱而不丑兮。[8]	美得出类拔萃，无与伦比！
嗟尔幼志，	啊，你幼年的志向，

有以异兮。[9]	就与众不同。
独立不迁，	你特立独行，永不改变，
岂不可喜兮？	怎不使人敬重？
深固难徙，	橘啊，你植根深固，坚定不移，
廓其无求兮。[10]	胸怀宽广，无所贪求。
苏世独立，	你远离世俗，独来独往，
横而不流兮。[11]	敢于横渡而不随波逐流。
闭心自慎，	你小心谨慎，从不轻率，
终不失过兮。[12]	始终没有过失。
秉德无私，	你秉守道德，毫无私心，
参天地兮。[13]	真可与天地相比。
愿岁并谢，	愿在那万物凋零的季节，
与长友兮。[14]	与你结为终身的知己。
淑离不淫，	你内善外美，而不娇艳作态，
梗其有理兮。[15]	梗直坚强，而又通达于理。
年岁虽少，	虽然你还是小小的年纪，
可师长兮。[16]	可作一切乔木的良师啊。
行比伯夷，	品行好比古代的伯夷，
置以为像兮。[17]	种在这里作我为人的榜样啊。

注释：

[1] 后：后土，对地的尊称。皇：皇天，对天的尊称。

徕:同"来"。服:习,适应。[2]受命:受天地之命,天生。不迁:不能移植。[3]深固:根深蒂固。难徙:难以迁移。壹志:专一的意志。[4]素荣:白花。橘树初夏时开五瓣的白色小花。纷:缤纷,指枝叶繁茂。胡文英《屈骚指掌》云:"橘花小而白,与叶偕繁,故曰纷其可喜。"[5]曾:同"层"。剡(yǎn):尖利。棘:刺。抟(tuán):圆圆的。[6]青黄杂糅:橘子将熟时由青变黄的皮色。糅:错杂。文章:纹理色彩,指橘子的皮色。烂:很有光彩的样子。[7]精色:鲜明光亮的皮色。闻一多《楚辞校补》:"精,赤黄色,乃橘子全熟色。"内:内瓤。类:似。[8]纷缊(yūn):香气浓郁。王夫之《楚辞通释》:"剖之而香雾霏微也。"缊:通"氲",即氤氲,指香气。姱:美好。不丑:出类拔萃。丑:类。[9]尔:你,指橘。[10]廓:空阔广大,指心胸宽广。无求:没有庸俗的追求。[11]苏世独立:清醒地独立于世。苏:醒。横:横渡。横而不流:以行船比喻人的性格坚定,敢于冲风横渡,不随波逐流。[12]闭心:把事情藏在心中。自慎:自知谨慎。失过:有过失,犯错误。[13]秉:执持。参:合。参天地:精神上与天地相合。古人认为天地是无私的。[14]岁:岁暮。并谢:永谢,凋零。屈复《楚辞新注》:"橘不凋,故愿于岁寒并谢之时而长与为友。"[15]淑:善,指品质。离:通"丽",美丽,指外貌。梗:正直。理:橘树的纹理,比喻道理之理。[16]年岁虽少:橘树是常绿灌木或小乔木，生长的时间不如松柏等乔木长，所以说它年少。师、长（zhǎng）：用作动词，即可以为师，可以为长。〔17〕行：德行。比：类比，相类。伯夷：古人心目中的义士。胡文英《屈骚指掌》云："伯夷特立独行，橘亦能苏世独立，岂非行足以比伯夷乎。吾不得见伯夷，则见橘如见伯夷矣。故愿置以为像。"置：设、立。像：榜样。

"深固难徙""独立不迁"，是中国人心中爱国理想的精神内质，这种理想的星光早在屈原时代就埋藏下了。千百年来，正是这种众心所向的力量，使中华民族在岁月的跌跌撞撞中走到今天。诗歌是一颗不死的心灵，在屈原的《橘颂》中得到淋漓地诠释。今天，南方嘉橘依旧丰盈可人，依旧是橘乡人民招待客人的盘中佳果。睹物思情，橘香固然诱人，但是橘的精神一如屈原的忠魂，是更加令人刻骨铭心之处。

《橘颂》是屈原早期的作品，它开创了咏物诗的先河。托橘言志，借橘抒情，自屈原始，引起了古代文人墨客的广泛兴趣。如杜甫《放船》曰："青惜峰峦过，黄知橘柚来。"苏轼《赠刘景文》云："荷尽已无擎雨盖，菊残犹有傲霜枝。一年好景君须记，正是橙黄橘绿时。"从众多的橘颂题材可见橘在南国的崇高地位。它不仅是一棵树，也代表了一种高尚的人格，一种完美的志趣。

《橘颂》篇名礼赞橘树，全篇以"橘"起兴，故名为

"橘"。但是屈原作品的题名用了《诗经》"风、雅、颂"中的"颂"字,却是新人耳目。《毛诗序》中云:"颂,美盛德之形容,以其成功告于神明者也。"即是说,《诗经》中的"颂",是王公祭祀或大典时专用的宗庙乐歌。这样的文体功能规定了"颂"的语言风格是典雅庄重的,所以,"颂"中不用"兮"字,使语气短促有力,以增加诗歌的凝重和肃穆感。虽然在形式上,屈原的这首诗采用接近《诗经》四言诗的形式,然而,虽同为"颂",它却与《诗经》的性质大不相同。不同处有二:一是它的内容不再是《诗经》中那种带有原始宗教意味的郊庙歌辞,而是寄寓了更多人性内容的咏物小品;二是《橘颂》的语言风格比《诗经》灵动活泼,也比诗人的其他伤感的作品青春意气。除了与《诗经》不同,《橘颂》和屈原的其他作品也有不同之处。从创作时间上来看,今人大抵认为它是诗人早期的作品,这时的屈原,还没有陷入政治斗争的泥潭,所以从这篇《橘颂》中,我们分明感受到一种青春明快的力量,以及在对橘树作拟人化的描绘和赞美中流露出的某种罕见的幽默。

另外,《橘颂》以"兮"字入颂,是受到《诗经》中"南风"的影响。《诗经》中以"兮"字入诗的,只在"风、雅"两种文体中,而在"风"中,"南风"占大多数。风是民俗歌谣之诗,自然和典雅庄重的"颂"不同。但是"风"诗似乎又走向了另一个极端:淫。比如《郑风·野有蔓草》:"野有蔓草，零露漙兮。有美一人，清扬婉兮。邂逅相遇，适我愿兮。"记述的就是男女在野外相遇相合的爱情故事，散发着对爱情的大胆和野性。朱熹对此甚为痛斥："郑卫之乐，皆为淫声。然以诗考之，卫诗三十有九，而淫奔之诗才四之一；郑诗二十有一，而淫奔之诗已不翅七之五。卫犹为男悦女之词，而郑皆女惑男之语。卫人犹多刺讥惩罚之意，而郑人几于荡然无复羞愧悔悟之萌。是则郑声之淫，有甚于卫矣。"看似是借卫风批判郑风，实则是两种皆不可取，都是有伤体统的。而《橘颂》是不是受到这方面的影响？答案是否定的。它以风、雅的体式和颂的名义入诗，却不写男女淫悦和歌功颂德之内容，只是以橘的品质来吟颂自己的志行。橘是楚国风物，屈原吟咏它，是诗人青年时代观察、喜爱、体验的结果。

这是怎样的一种树，会让伟大的诗人屈原面对它怦然心动，写下这篇绝美的诗章呢？王夫之《楚辞通释》云："橘者，南方之嘉木也。古产于楚湘，今盛于闽粤。"由此可见，首先兴起诗人感想的是橘树生在自己的故乡。《汉书》就曾称"江陵千树橘"，说明早在汉代以前，楚地江陵即以产橘而闻名遐迩了。橘树在南国普遍生长，触目可见。但是这样普通的树，却因为给人带来甜蜜的滋味而成为出类拔萃的佳木，这具有美好素质的佳木也就成为屈原以及南国人心目中的"后皇嘉树"了。月是故乡明，屈原"爱屋及乌"，不过是其爱国之体现。其次，诗人要以此发言为诗，说明橘树有其可爱之处。据屈原的诗篇，橘树的可爱之处有二："精色"和"内白"。关于橘树如何内外兼美，下面将详细描述，在此先简单地介绍一下橘树奇特的习性。诗人如此赞美橘树，不是因为诗人具有高超的想象力（当然诗人有），而是橘树却有其"奇"：它只有生长于南土，才能结出甘美的果实，倘要将它迁徙北地，就只能得到又苦又涩的枳实了。对此《晏子春秋》有所记载，"橘生淮南则为橘，生于淮北则为枳"。其独立不迁、深固难移的倔强气质和诗人如出一辙，诗人情动于中而为诗也是情理之事了。

第一部分开笔"后皇嘉树，橘徕服兮"三句已不同凡响：一树坚挺的绿橘，它受神命而来，伫立在广袤的天地之间，深深扎根于"南国"之土，无论何种力量都无法使之迁徙。那凌空而立的意气，"受命不迁"坚毅神采，让人怎能不为之感动，何况面对此树的是多情敏感的诗人屈原。在屈原眼里，这种"受命不迁"的性格，是生命本质的见证。在青年时代，屈原已经具有了"深固难徙"的意识了，那么后来的受谗遭放却执着坚定只是一种延续吧。可以说，这种忠诚于荆楚乡邦的生命承诺，见之于屈原的青年时代，铸就了《离骚》和《九章》的母题，铸就了屈原日后遭受命运拨弄却九死不悔，依然抱持着高洁志向和坚定信念的精神根基。

橘已经被屈原高度生命化、人格化了。屈原认为它不仅是可敬的，而且俊美可亲。写实与象征缠绕交融，诗人的意趣或隐或现，饶有韵味。碧绿的叶子、素白的花，这是对橘树外在形态的写实,是赞美橘树纷繁茂盛的喜人姿态。但也可见一个风华正茂的美少年的青春动人风采。这种风采不是轻浮的,它有着俊美的人格内质。它是如此"纷缊宜修"。它的根:根深蒂固,因为它专一不移!它的花:绿叶素荣,姿态纷繁可喜!结果:层层交盖的带刺的枝叶旁,挂满了圆圆的果实。果实渐熟:青黄杂糅,或青或黄,色彩是多么斑斓绚丽!成熟之果:外表赤黄,内瓤洁净,表里无亏,真好像可委托重任的志士仁人。这里描绘着橘树,让人联想到诗人早年风华正茂的动人风采。本节虽以描绘为主,但从字里行间,人们可以强烈地感受到诗人对祖国"嘉树"的自豪、赞美之情。

全篇两部分,前半部分人颂橘,后半部分橘励人。视角在橘和人之间转换,这种对诗篇运筹帷幄的技巧,显示了屈原在青年时代就已表现出非凡的天才。这里,橘树被进一步拟人化了。屈原已经将自己的生命意识移植到了橘树中,再以橘树的口吻激励自己,两者互为知音,达到了更深一层的人、物交融的境界。

橘树说:"啊!你幼年的志向,就与众不同。你也和我一样:独立不迁、深固难移、苏世独立、闭心自慎、秉德无私。"屈原的这番赞叹,与前半部分有重合,是为了强调橘树和诗人自己的品性重合一致。屈原在《离骚》中,曾以"羌无实而容长"(外表好看,却无美好的内质),表达过对"兰""椒"(喻指执掌朝政的谗佞之臣)等辈"委其美而从俗"的鄙弃。橘树却不是如此。它年岁虽少,即已抱定了"独立不迁"的坚定志向;它长成以后,更是"横而不流""淑离不淫",表现出梗然坚挺的高风亮节;纵然面临百花"并谢"的岁暮,它也依然郁郁葱葱,决不肯向凛寒屈服。

诗中的"愿岁并谢,与长友兮"一句,乃是沟通"物我"的神来之笔:它在颂橘中突然揽入诗人自己,并愿与橘树长相为友,你中有我,我中有你。橘树在这里已经高度人格化和生命化了。人橘对话视角转换,显示了青年屈原出手不凡的诗歌造诣。而后思接千载,以"行比伯夷,置以为像兮"收结,全诗境界就一下得到了升华——在两位古今志士的遥相辉映中,前文所赞美的橘树精神,便全都流转、汇聚,成了身处逆境、不改操守的伟大志士精神之象征,而高高映印在历史天幕上了。

作为中国古代的咏物诗之祖,《橘颂》在中国诗歌史上具有重要的地位。刘勰在《文心雕龙·颂赞》中说:"及三闾《橘

◎ 愿岁并谢,与长友兮。
——(清)门应兆《钦定补绘萧云从离骚全图》

颂》,情采芬芳,比类寓意,又覃及细物矣。"高度评价了本诗的美学价值和创作方面的贡献,因为正是屈原,把专用来歌功颂德的"颂"发展到了咏物上,开启了咏物诗、赋的先河。

在审美价值上,《橘颂》完美地诠释了先秦流行的美学思想——"比德"。"比德"是这一时期人的自然美的审美观,其基本内涵是:自然美,美在它对人的品德具有象征的意义。如孔子说:"岁寒,而后知松柏之后凋也。"荀子便将其比德为"君子"的种种美德。《老子》也多次以水的品行比德以柔克刚。屈原更是将此美学思想发挥得淋漓尽致,无论是《离骚》《九歌》还是《九章》,都随处可见他用香洁的花草树木比喻品格的不受尘染,用美玉比喻品格之坚贞。特别是《橘颂》通篇以橘树作比,可以说达到了"比德"审美境界的高峰。难怪林云铭《楚辞灯》这样评价此诗:"看来两段中,句句是颂橘,句句不是颂橘,但见原与橘分不得是一是二,彼此互映,有镜花水月之妙。"这真是说法巧妙,正中机趣。读了这首《橘颂》,真有镜花水月之感,不知是橘成就了屈原,还是屈原成就了橘。只觉满怀着深情的诗人,在橘树下徘徊,那瘦削的身影,一下子和橘树一样高大起来。

《橘颂》所表现的是一种性格、一种气质、一种纯洁的向往、一种清醒的信念、一种人生的宣言。而屈原一生的悲剧,正源于对楚国的过分爱恋与对人格美的全力保持——《橘颂》从此揭开了屈原漫长而艰难的人生序幕。

(二)湘水神话,绣似锦繁花

《湘君》和《湘夫人》是《九歌》中的姊妹篇,写的是湘君和湘夫人约会的故事。"月上柳梢头,人约黄昏后",本来是件很美好的事情,可是偏偏天意弄人,他们没能见面。为什么没能见面呢?归结起来,他们的误会源于一个时间差:湘君到这里的时候,湘夫人还没有来,湘君走了,湘夫人却又到了。这比有一个人失约更让人难过,不是吗?这样的遗憾也表达了屈原自己的很多错位的经历、感受,可以说,屈原写神灵的故事是为了写人的故事,写神灵的情感是为了写人的情感。明白这一点,我们今天读《九歌》就不会对神灵的事情茫然,也能拨开时间的浓云,感受他们的心情了。

"湘君""湘夫人"为湘水配偶神,他们的形象是古代人民在想象中把湘水加以人格化的结果,

◎ 湘君、湘夫人
——(明末清初)萧云从《离骚图》

他们始终未能相见，显然又受到帝舜和娥皇、女英悲剧传说的影响。帝舜是中国远古传说中一位极为重要的神人，《史记》中记载舜号曰"重华"，重华，即中华，华夏民族的名称由此得来。重华，也就是舜，是楚族的先祖，所以《离骚》中有"济沅湘以南征兮，就重华而陈词"。屈原要陈情于舜。而本篇涉及的故事是这样的：相传尧有两个女儿——娥皇和女英，舜即位后，尧将女儿嫁给舜，成为舜之二妃。舜巡视南方时，在苍梧得了重病，二妃闻讯，急忙启程探望，可是到了洞庭湖边，已经得到舜的死讯。二妃悲恸不已，日夜啼哭，以泪挥竹，竹枝斑斑，后人谓之"斑竹"。可是人死不能复生，泪水已是徒劳，所以二妃投湘水而死，楚人为她们的深情感动，为之立祠，尊为湘水之神，以祭祀她们。

《湘君》是由湘夫人所独唱，倾诉了她对湘君缠绵悱恻的恋慕之情，由女巫扮演；《湘夫人》是由湘君所独唱，表达了他对湘夫人盼望、寻求、迎候直到会合无缘的幽怨心情，由男巫表演。无论是巫还是神，他们都怀有十分真挚的爱情，但是别多聚少的经历又使他们变得很脆弱，所以，在希望和绝望的交织中，爱情表现得如此哀婉缠绵。从诗篇哀怨与执着的倾诉之中，我们能深切地体会到人间爱情的种种哀愁、悲伤。

《湘君》和《湘夫人》两篇相比较而言，《湘夫人》写得更好一点，所以我们选讲《湘夫人》，但是如果想要真正读懂的话，必须两篇对照起来读。

湘夫人

原文	今译
帝子降兮北渚，[1]	湘夫人将要降临北洲上，
目眇眇兮愁予。[2]	放眼远眺啊使我分外惆怅。
嫋嫋兮秋风，[3]	秋风阵阵，柔绵细长，
洞庭波兮木叶下。[4]	洞庭波涌，落叶飘扬。
登白薠兮骋望，[5]	登上长满白薠的高地放眼望，
与佳期兮夕张。[6]	我与佳人约会，一直忙得月昏黄。
鸟何萃兮蘋中？[7]	鸟儿啊为何聚集在水草边？
罾何为兮木上？[8]	渔网啊为何悬挂到树枝上？
沅有茝兮醴有兰，[9]	沅水有白芷，澧水有幽兰，
思公子兮未敢言。[10]	怀念湘夫人啊无法明言。
荒忽兮远望，[11]	心思恍惚，望穿秋水，
观流水兮潺湲。[12]	只见那洞庭水慢慢流淌。
麋何食兮庭中？[13]	野麋寻食，为何来到庭院？
蛟何为兮水裔？[14]	蛟龙游戏，为何来到浅滩？
朝驰余马兮江皋，[15]	清晨我骑马在江边奔驰，
夕济兮西澨。[16]	傍晚我渡大江西岸旁。
闻佳人兮召予，[17]	听说佳人召唤我，
将腾驾兮偕逝。	我将快速飞驰与你同往。
筑室兮水中，	把我们的房屋建造在水中，

葺之兮荷盖；[18]	又将荷花叶子盖在房顶上；
荪壁兮紫坛，[19]	用荪草饰墙，紫贝饰坛，
播芳椒兮成堂；[20]	撒布香椒，充满整个中堂；
桂栋兮兰橑，[21]	桂树作栋，兰树作椽，
辛夷楣兮药房；[22]	辛夷楣门，白芷铺房；
罔薜荔兮为帷，[23]	编结薜荔作帷帐，
擗蕙櫋兮既张；[24]	分开蕙草做隔扇已安放；
白玉兮为镇，[25]	洁白的美玉做镇席，
疏石兰兮为芳；[26]	散放石兰传播芬芳；
芷葺兮荷屋，[27]	荷叶做的屋顶啊，加盖芷草，
缭之兮杜衡。[28]	再把杜衡缠绕在房屋四方。
合百草兮实庭，[29]	汇合各种香草充满庭院，
建芳馨兮庑门。[30]	放置各种香草播满门廊。
九嶷缤兮并迎，[31]	九嶷山的众神都来欢迎，
灵之来兮如云。[32]	为迎接湘夫人众神如流云一样。
捐余袂兮江中，[33]	我把那外衣抛到江中去，
遗余褋兮醴浦。[34]	我把那内衣丢在澧水旁。
搴汀洲兮杜若，[35]	我在小岛上采摘杜若，
将以遗兮远者，[36]	将送给远方的人儿表衷肠。
时不可兮骤得，[37]	美好的时机不容易多次得到，
聊逍遥兮容与。	我姑且逍遥自在度时光。

注释：

[1]帝子：指湘夫人。降：降临。[2]眇（miǎo）眇：遥望的样子。[3]嫋（niǎo）嫋：微风吹拂的样子。[4]木叶：树叶。[5]白蘋（fán）：水草。[6]佳：佳人，指湘夫人。期：约期相会。夕张：为黄昏相会作准备。[7]萃（cuì）：聚集。蘋（pín）：一种水草。[8]罾（zēng）：渔网。[9]沅：沅水。醴（lí）：通"澧"，澧水。茞（zhǐ）：白芷。[10]公子：指湘夫人，公主。[11]荒忽：通"恍惚"，渺茫的样子。[12]潺湲（chán yuán）：水流不断。[13]麋（mí）：鹿类动物。[14]水裔（yì）：水边。[15]皋（gāo）：水边高地。[16]澨（shì）：水边。[17]佳人：指湘夫人。[18]葺（qì）：盖房顶。荷盖：荷叶。[19]：荪（sūn）：一种香草。紫：紫贝。[20]椒：花椒。[21]橑（liáo）：屋椽。[22]辛夷：香木。楣（méi）：门框上的横木。药：白芷。[23]罔：通"网"，编结。薜荔：一种蔓生香草。[24]擗（pǐ）：分开。橉（mián）：屋檐板。既张：已经铺好。[25]镇：镇席。[26]疏：分布。石兰：一种香草。[27]芷葺：用白芷覆盖。[28]缭（liáo）：缠绕。杜衡：一种香草。[29]合：汇集。实：充满。[30]建：放置。芳馨（xīn）：指散发香气的香草。庑（wǔ）：堂周围的廊屋。[31]九嶷：九嶷山。缤：众多。[32]灵：神。[33]袂（mèi）：衣袖。[34]褋（dié）：单衣。醴浦：澧水之滨。[35]搴（qiān）：

摘取。汀洲：水中平地。杜若：一种香草。［36］遗（wèi）：赠予。远者：指湘夫人。［37］骤：数、屡。

开头四句是千古传诵的名句，奠定了整篇诗歌的情感基调——秋风又逢多情啊！袅袅的秋风本来就包含了凄凉的色彩，偏偏独立寒秋的人又是那么多情善感。首句营造了一幅凄清杳茫的秋景图，又点染了抒情主人公的期盼、渴望的心境，构成了一个优美而惆怅的意境，被后人称为"千古言秋之祖"。

"帝子降兮北渚"，"帝子"在诗里面是指湘夫人。古代的女子也可以称子，《诗经》里面就写过"之子于归，百两御之"，齐国国君的女儿出嫁时有一百辆车子为她送行。这个"两"通"辆"，"于归"就是"出嫁"，这个"子"就是指我们现在说的"女孩子"。因为湘夫人是神灵，所以就称她为"帝子"。"降"是降临，这个"降临"包含着很多种含义，现在我们来尝试能够换什么样的动词，然后再来作比较。"降"可不可以理解成"来到""赶到"？要知道，首先"降"有从天而降的含义在里面，这跟神灵的身份相吻合；其次是湘君对感情的期待，本来长期不能约会，现在忽然湘夫人又招他来了，好像是从天而降的一种好运气来了。所以这个"降"和"来到""赶到"是完全不一样的，不能这样理解。因此"帝子降兮北渚"，是指湘夫人降临到北边的小岛，跟女神的身份相吻合,跟湘君的心情相吻合,表现了他见湘夫人的急切期待的心情。

"目眇眇兮愁予",这个"愁"是形容词的使动用法,"愁予"就是使我极度悲伤,"眇眇"是眼前一片迷茫。这句是说,"我"极目望去,一片迷茫,看不到我思念的"她",使我极度惆怅。眼前的是"洞庭波兮木叶下",洞庭湖水波澜起伏,树叶飘零。我看到的不是湘夫人,而是一片片秋叶瑟瑟地落下,这是多么令人失望的事啊。为什么诗人要写秋天极目远眺呢?秋天,潮水初涨,水势浩渺,而树叶凋零,这样能看出去很远很远。如果是夏天,绿叶扶疏,树叶茂密,湘君登上堤岸往远看,茂盛的树挡住了视线,就看不到什么。这种写法启发了很多后人,比如杜甫写过"无边落木萧萧下,不尽长江滚滚来",如果没有落叶,你就看不到"不尽长江滚滚来"的阔远境界。曹丕写过"秋风萧瑟天气凉,草木摇落露为霜",意境也与《湘夫人》相似,将深秋的萧瑟景象和思妇的感伤水乳交融。宋代词人晏殊的《蝶恋花》中也有"昨夜西风凋碧树,独上高楼,望尽天涯路","西风"就是指秋风,秋风的强劲力量让树叶飘零,然后上了高楼望尽天涯路。如果说没有秋风,就没有落叶,就不可能有这样一个看得很远很远的境界。所以"嫋嫋兮秋风,洞庭波兮木叶下"成为中国古典诗词当中经久不衰的名句,秋风和落叶也成为最敏感的、最富有表现力的词语。面对秋风来临,面对树叶凋零,我们的诗人、词人往往会情绪低落,仿佛心中最脆弱最敏感的情感被拨弄着,要借诗歌抒发出来才畅快,这就是悲秋主题的源头。

"登白𬞟兮骋望,与佳期兮夕张"中的"骋望"让我们随着主人公一起打开了阔远的视域,可以想象,湘君是多么努力地眺望,期盼心爱的她能出现在自己的视野里。为了这个盼望,湘君四处张罗布置新房,等待湘夫人的到来。"佳期"就是约会的时间,"张"就是布置,陈设。"佳期"当然给人以美好的想象,约会肯定是甜蜜的。秦观写牛郎织女就是这样的:"柔情似水,佳期如梦,忍顾鹊桥归路。"湘君想要的,大概也是这样柔情似水的美梦。然而他不管怎么努力,眼前都不见湘夫人,见到的只是一片迷茫的云雾。

"鸟何萃兮𬞟中,罾何为兮木上",这是写的反常现象,是颠倒错乱、违背常理之事,目的是为了说湘君事与愿违、求之不得。直到这里我们已经看到了两种失望的情绪:第一种失望是"洞庭波兮木叶下";第二种失望是"鸟何萃兮𬞟中,罾何为兮木上"。《诗经》的《关雎》和《氓》里涉及男女情爱,往往都是在水边发生的一些约会相爱的故事,湘君、湘夫人也不例外。在水边用到的起兴基本上是水鸟和捕鱼的网,这就是爱情隐语。很多关于捕鱼的谚语都跟找对象或者男女约会有关系,这在民歌里面也是很多的。湘君想约会的女子没有来,他感到很失望。失望在什么地方?"鸟何萃兮𬞟中。""𬞟"是指水草。水草里面本来应该是有鱼的。汉乐府里面写的《江南》写道:"江南可采莲,莲叶何田田。鱼戏莲叶间,鱼戏莲叶东,鱼戏莲叶西,鱼戏莲叶南,鱼戏莲叶北。"这个水草旁边应该是有鱼在游动的,但是捕到的却是水鸟。只有水鸟没有鱼,说明等待是枉然。"罾何为兮木上"——捕鱼的网怎么挂到了树顶上?这些反常现象可见失约让人极其失望的情绪。

"沅有茝兮醴有兰,思公子兮未敢言。"这是诗中的又一名句。这让人不禁想起越族的民歌《越人歌》:"山有木兮木有枝,心悦君兮君不知。"这个故事说的是楚国的一位贵族到了越地,越地的一位女子在给这个贵族男子划船时给他唱越地的民歌,并无形之中爱上他了,但是语言不通而无法表达心中的爱意,于是唱道:"山有木兮木有枝,心悦君兮君不知"——山上还有树,树上还有枝,而我喜欢你,你却不知道。"山有木兮木有枝,心悦君兮君不知"用了谐音、双关两种修辞手法,"枝"和"知"谐音、双关。

同样地,"沅有茝兮醴有兰,思公子兮未敢言"中"沅有茝"的"茝",一作"芷",是一种香草,沅水里面有可爱的芷,这个"芷"和这个"子"是谐音,而"子"就是湘夫人呀;"醴有兰"的"兰",也是一种香草,这个"兰"也可以写成"男",又是谐音双关。"公子"在这里指的也是湘夫人,"未敢言"不是不敢说,而是湘夫人没有来,"我"没办法说。"未敢言"这里也有犹豫的成分,湘君还是不自信的,因为湘夫人久久未来,难免让人胡思乱想。湘君在想,说不定她有很多的交往对象哩。湘君的地理方位在洞庭湖边,那么湘夫人应该朝这边走来,而洞庭湖有四条支流,四条支流里面有更多的男性可以选择。她如果不到"我"(湘君)这儿,到了沅水边的话,就可能有另外一个"人";到了澧水边,可能又有一个"人"。她为什么不来呢?她是不是另有所爱呢?这反映出了湘君对湘夫人的挚爱,以及因未能见面而产生的担忧、隐忧。

然后是"荒忽兮远望,观流水兮潺湲"。"荒忽兮远望",我们翻译的时候,可以倒过来,也可以顺着来。这两句意思是,我带着惆怅的情绪啊,对远处眺望;或者说,我向远处眺望,情绪更加迷茫和惆怅,反正因为"你"不来,"我"只能望着远方,低头看湘水流淌。"我"的情绪在快速地跳跃,这和很慢的水流形成对比。所以下面继续写反常现象。前面已写了"鸟何萃兮蘋中,罾何为兮木上"的反常,现在又写"麋何食兮庭中?蛟何为兮水裔"。"麋何食兮庭中"——鹿为什么在庭中吃草?正常情况下,鹿应该是在野外吃草的。《诗经·小雅·鹿鸣》中即有"呦呦鹿鸣,食野之苹"之句——在那广袤的野外啊,一群麋鹿鸣叫着在吃苹草。所以"麋何食兮庭中"是异常现象。"蛟何为兮水裔"中的"蛟"是指没有角的龙,古人将龙分成三种:有角的龙是雄性的,没角的龙是雌性的;有两只角的是"虬",有一只角的是"螭",没有角的叫"蛟"。蛟龙是雌性的,躲得很深,不会到水边上来;只有有角的龙、雄性的龙到水边来侵犯人,许多坏事情都是它做的。这个可以举例来说明,苏轼的《前赤壁赋》里面写到了:"舞幽壑之潜蛟,泣孤舟之嫠妇。"说明蛟是潜在幽深的水里面的。现在蛟龙到了水边,就很反常。"裔"是指衣服的尽头,这里"水裔"就是指水边的尽头。现在我们讲"后裔",也就是指远处的后代。

"朝驰余马兮江皋,夕济兮西澨。"湘君听说湘夫人要约他出去,他太高兴了,于是马不停蹄地赶去赴约。"将腾驾兮偕逝",这是他的主观希望,希望不要错过这次约会。如果讲"诗眼"的话,这里的"偕逝"就是个诗眼——希望共同到达。然而事与愿违,最后却是他一个人到了,对方没有来。始终就是他自己一个人,整个冲突由"这一个"而来:他没去之前就两个人想一起到的。

在古诗里,凡是讲到早上怎么晚上怎么的,这就表示时间节奏之快。如《木兰辞》写木兰从军后赶赴前线,只用了四句就到了前线:"朝辞爷娘去,暮宿黄河边;旦辞黄河去,暮至黑山头。"木兰不闻爷娘唤女声,而听到了"胡骑"——敌人的战马"鸣啾啾",这样很快就到前线了。李白也有"朝如青丝暮成雪"之句,这是极度夸张的说法,但是反映了诗人对时间飞逝的感慨。"朝驰"表示很快,这个"驰"是使动用法,使我的马快速地奔驰。"朝驰余马兮江皋",这是对"腾驾"的一个形象的描述。"江皋",在江边的高地上。"夕济兮西澨","济"不是指渡过,而是指抵达。有人释"济"为"渡过",

"傍晚渡过了西边的渡口",这样就很难讲得通,应该是"傍晚抵达了西边的渡口"。《诗经》里面讲的"旋济"的"济"也是指抵达。

第一段在五组情节链的基础之上,抒发了湘君对湘夫人的思念和渴望。他的情绪发生了哪些变化?首先是非常高兴,因为湘夫人将要降临;然后就是"愁予",一下子跌到情绪的低谷;情绪跌下去以后,又发生了很多变化,所有的变化都是悲伤的。其中,"鸟何萃兮蘋中,罾何为兮木上""麋何食兮庭中,蛟何为兮水裔"分两个层次表示反常现象,表达了那种痛苦的心情。既用反常现象来衬托,又用眼前的景色来烘托——"荒忽兮远望""登白薠兮骋望""观流水兮潺湲"。这一段有没有思念之情的直接抒发?有,主要是通过描写景物来渲染那种思念的痛苦。所以第一段主要写湘君盼望对方的出现,而湘夫人始终没来,表现出了湘君情绪的极度低落。

第二段中作者用铺张的笔法,通过想象为我们展示了一幅色彩绚丽的图画:湘君为湘夫人布置了华美的居室,等待湘夫人的到来。诗中竭力描绘宫室结构的讲究,室内陈设的高雅,周围环境的芳洁宜人。这一段描写开启了我国诗歌创作中对景物铺张描写的先例,后代赋作的景物描写以及《孔雀东南飞》等诗作的一些片段(如写太守为婚礼而做的准备等),都有受本篇的影响的痕迹。

可以说,湘君建造的房屋,美轮美奂。历史上曾流行"巴洛克建筑",以繁复、夸张、奢华为特点,极尽铺张之能事。我们现在看湘君的建筑也很繁复,但是不是"巴洛克建筑"那样繁复呢?答案是否定的。湘君的布置以自然为材料,以自然为背景,以自然为配饰,它美得雅致、清新,精于雕饰却不落俗套。你看,"筑室兮水中",在大自然中,还有什么比水更有灵韵的呢?只这一点,这个房子已经够脱俗的了,但湘君的浪漫并不止于此。再看从"葺之兮荷盖"到"建芳馨兮庑门"的描述,这些琳琅满目的香草、鲜花,真是让人惊叹啊。可惜置身于都市高楼大厦的我们,再也看不到这些林林总总的野生植物了,即使我们看到了这些植物,大概也只会说"这是草",至于是什么草,怕是说不出吧。至于香芷、杜衡、荪草,我们只知道它们是香而美的,但怎么香如何美我们就很难体会了。屈原是极爱香草、鲜花、美玉的,这里且不论这些东西是不是实物,是不是意象,总之它们是美好的,这一点毋庸置疑。比如"握瑾怀瑜"这个成语,就是指人美好的品德情操,"瑾"和"瑜"都是美玉。比如荷花,屈原为什么不写梅花、桃花、菊花、牡丹花呢?我想是因为荷花独有出淤泥而不染的品质,正如菊花之于隐逸、牡丹之于富贵一样。屈原还喜欢兰花,屈原和兰似乎成为一种相映成趣的符号,也许只有兰花最能体现屈原"空谷幽兰"般的骄傲和寂寥吧。这就是屈子的美学,他笔下的新房不似龙宫的雍容华贵,却别样的洁净、芬芳。

再回到原文中来,这一段的描写涉及几个关于建筑学的专用术语：第一是"室"，第二是"盖"，第三是"坛"，第四是"堂""栋""橑"，还有"屋""庭"和"庑门"。我们来看看湘君所置房间的布局：这是一个四合院，进去后是厅，两边是廊、庑门，后边是住宅、宅院，布局简约。房子用料讲究、装饰精美——桂树做的横梁，兰木做的椽子，辛夷做的门楣，荷叶盖房顶，屋外绕杜衡，花草装饰了一层又一层，从内到外，精致香郁，可谓良苦用心。如果说，第一段是通过心理来描写他对湘夫人的思念与期待，第二段则是通过行动来表示他对湘夫人的思念与期待。因为第一段已经将抒情发挥到了极点，这里就没必要一边布置房间一边抒写思念了，但是无论湘君在远望还是在布置房间，其实无时无刻不在思念湘夫人。我们要感激屈原的生花妙笔，不动声色地将湘君的思念表现出来。我们为什么要说《楚辞》是极富浪漫气息的，而《诗经》是现实主义的典范呢？可以比较一下，同样写爱情，《诗经·周南·汉广》是这样的：

南有乔木，不可休思；汉有游女，不可求思。
汉之广矣，不可泳思；江之永矣，不可方思。
翘翘错薪，言刈其楚；之子于归，言秣其马。
汉之广矣，不可泳思；江之永矣，不可方思。
翘翘错薪，言刈其蒌；之子于归，言秣其驹。
汉之广矣，不可泳思；江之永矣，不可方思。

同样面对浩渺的江水,《汉广》反复感叹:乔木下不可休息啊,汉广不能游,我心爱的人啊,不能求啊不能求……相比之下,《楚辞》就显得更摇曳生姿,诗情画意。湘君思念湘夫人,他翘首远望,布置新房,落寞心伤,每一段有每一段的情绪和节奏,有期盼相见的焦急,有迎接对象的欢乐,有胡思乱想的慌张,有恋人未来的惆怅,整首诗是那么生动饱满,引人向往。

然而,湘君的尽心尽力我们感受到了,湘夫人有没有感受到呢?答案有待下一段分解。

第三段:"九嶷山的众神都来欢迎,为迎接湘夫人众神如流云一样。"阵势惊人,规模庞大,这就是为了心中的女神啊!可见湘君的期望多么强烈。可是期望越大,失望越大。湘夫人没有来,始终没有来。孤独和失望缠绕着他,像蔓藤爬在树枝上。他无比绝望,于是将衣物和信物抛在了流逝的江水中。这就是"爱之深,恨之切"吧。但是那刻骨的爱怎能割舍?湘君丢了信物又开始后悔,"我在小岛上采摘杜若,送给远方的人儿表衷肠"。如此念念不忘,爱情就是这样。俗话说"好事多磨",湘君也这样想,虽然等得疲惫了,他也不愿意离开。他要调整好心态,耐心地等待:"美好的时机不容易多次得到,我姑且逍遥自在度时光。"

这里的"袂"和"褋"是女子的贴身之物,一般认为这是湘君和湘夫人互赠的信物,湘君将其"捐袂"江中、"遗褋"

醴浦，是很决绝的。到这里，大家大致的感觉是，湘君很绝望。故事如果真是这样，也不至于动人心扉了。中国人都有善良纯朴的愿望，就像梁祝一样，即使身体湮灭了，心也不离不弃，化成蝴蝶还要双宿双飞。所以，湘君及时改变了心态，他采摘"杜若"，等到爱人来了，送给她，告诉她爱她地久天长。

这一段里又涉及了一种香草"杜若"，看起来很像是一个女子的名字。的确，郭沫若就曾经塑造过一个美女，叫"杜若子"。杜若是一种很香很香的草，《山鬼》里面也写到了，"山中人兮芳杜若"——这山里的人很美，美得像杜若。屈原大概觉得湘夫人太美了，用多少美好的香草形容她都不够，所以湘君的等待是值得的，尽管最终她没来让人惋惜。我们从这一段可以看出湘君的心态，他的女神湘夫人太完美了，不仅有迷人的外表而且品德美好，有着香草一样的品质，所以他愿意等待。她没有来，他也不忍心责怪。怎么忍心责怪呢？他心底有那么多爱。

这一切的一切都怪谁啊？通观整篇诗歌，我们只能这样说——秋风偏逢多情。如果不是秋风，怎会把些许的忧伤变成遍地的凄凉，怎会让孤独蔓延，把幽怨吹向远方；如果不是多情，怎会满目骋望，怎会让心思随风流逝，怎会让秋风泄露自己的心伤。其实屈原写《九歌》，已经分不清是写别人还是写自己了，就像我们不确定屈原是写别人还是写自己。

一曲唱完了,曲终人未散,屈原留给我们太多的遐想。如今,屈原已经离我们很远了,我们只能远远地仰望着他,那秋风中伫立的身影,永远那么孤独与忧伤,永远也没有倒下。

(三)茕独不迁,离骚悲白发

《离骚》是屈原的代表作,刘勰谓:"不有屈原,岂见离骚。"人们通常以"风""骚"并称来指代《诗经》和《楚辞》,也常以"骚人墨客"来指称诗人,如此种种,可见其在我国文学史上的巨大影响。《离骚》全文共373句,2490字,一直被称作为"千古奇文"。诗歌比较长,比较难懂。关于"离骚"二字的题义,传统有两种说法,一是"遭忧"说,二是"别愁"说。两者之间并无巨大差异,只是文字训诂、义理阐释上的不同,对我们理解文章没有什么障碍。

《离骚》的分段,历来研究者也颇有争议。我们根据前人研究和自己的揣摩,现将其分为三大段十层。第一大段,自"帝高阳之苗裔兮"至"岂余心之可惩",诗人抒忧述志以劝君王;第二大段,自"女嬃之婵媛兮"至"余焉能忍此而终古",诗人上下求索以悟君王;第三大段,自"索藑茅以筳篿兮"至"蜷局顾而不行",诗人不忍另择以感君王。最后为乱词。

离 骚

原文	今译
帝高阳之苗裔兮,	我是天帝高阳帝的后世子孙,
朕皇考曰伯庸。[1]	我伟大的祖父叫伯庸。
摄提贞于孟陬兮,	寅年、寅月、寅日,
惟庚寅吾以降。[2]	我降临这人世。
皇览揆余初度兮,	祖父细察我初降的气度,
肇锡余以嘉名:[3]	占卜赐予我好名:
名余曰正则兮,	给我取名叫正则,
字余曰灵均。[4]	给我命字叫灵均。

注释:

[1]高阳:"三皇五帝"之一颛顼之号。《史记·楚世家》:"楚之先祖出自颛顼高阳。高阳者,黄帝之孙,昌意之子也。"苗裔:引申为后世子孙。朕:第一人称代词,我。皇考:指屈原的祖父。[2]摄提、孟陬(zōu):两者均为天上星宿名,古时采用岁星纪年法。贞:正对着。庚寅:寅月寅日。降:降临、降生。[3]皇:皇考即文中主人公之祖。览:远看。揆:细看。初度:初生之气度。肇:通"兆",指一些占卜活动。锡:通"赐",赐名。嘉:美好。[4]名、字:名词活用为动词,命名、赐字。正则、灵均:文中主人公之名字。

这一节屈原自叙生平。他从遥远的祖先源流讲起,向上远溯至"三皇五帝"之颛顼帝,又自述其出生时生逢吉日,祖父赐以嘉名,可见其自命不凡,自我矜重之意。我们感到,诗歌从出生讲起,就很有史诗的磅礴大气之感。冥冥之中,总觉得上天在这样一个时间降生这样一个人,肯定会让之承担特殊的使命。这一段包含很多信息,我们现在判断屈原的出生、家族信息,一般就从这里推演。

原文	今译
纷吾既有此内美兮,	我的内美如此之多,
又重之以修能。[1]	又能不断提高修治之能。
扈江离与辟芷兮,	采择江边的离草与僻静之地的白芷,
纫秋兰以为佩。[2]	缝上秋兰作为佩饰。

◎ 江离
——(清)门应兆《钦定补绘萧云从离骚全图》

◎ 秋兰
——(清)门应兆《钦定补绘萧云从离骚全图》

汩余若将不及兮，	滚滚江水东流，我怕赶不上啊，
恐年岁之不吾与。[3]	害怕时光不等我。
朝搴阰之木兰兮，	早晨采择山坡上的木兰，
夕揽洲之宿莽。[4]	黄昏摘取江洲的宿莽。
日月忽其不淹兮，	日月匆匆不等人啊，
春与秋其代序。[5]	春与秋交替不止。
惟草木之零落兮，	想到草木也会凋零，
恐美人之迟暮。[6]	就担心美人迟暮。
不抚壮而弃秽兮，	何不招揽贤人抛弃佞人，
何不改乎此度？[7]	何不改变这种制度？
乘骐骥以驰骋兮，	乘着骐骥奔驰吧，
来吾道夫先路！[8]	来，我为你引路。

注释：

[1]纷：定语前置，纷纷，众多的样子。内美：内在的、与生俱来的美德，如前文所列举的血统高贵、生逢大吉、嘉名美字。重（chóng）：一层一层地加上。修能：修治自能。这里指后天努力提升个人素质。[2]扈（hù）：采择，楚地方言。江离：生长在江边的离草。辟芷：生长在远僻之地的芷草。离、芷均为香草，条形状，可披在身上。纫：编织。秋兰：秋天的兰花。佩：配饰。[3]汩（mì）：水流之貌。余：第一人称代词，我。不及：赶不上。恐：担心。年岁：指时

间。不吾与：即"不与吾"，否定句中宾语前置。[4]朝、夕：早晨、黄昏。搴（qiān）：拾取，楚方言。陂（pí）：山坡。洲：江中小岛。揽：采。木兰、宿莽：均为香草名。[5]忽：匆忙的样子。其：副词，无实在意义。日月、春秋都是代指时间。[6]惟：想到。零落：凋谢、飘落。美人：这里指君王。迟暮：慢慢到了黄昏。[7]不：即后面的"何不"，"何不抚壮而弃秽兮，何不改乎此度？"抚：发扬。壮：好的，指贤能之人才。弃秽：抛弃污秽的庸才小人。[8]骐骥：快马。驰骋：同义词连用，指快速奔跑。来：动词。道：同"导"，导引，在前面带路。

这一节讲诗人论修明志。在上陈内美之后，诗人又述其后天自我修炼的情况。江离、辟芷、秋兰、木兰、宿莽都是美好芬芳的植物，采摘这些的诗人肯定也是芬芳、高洁之人，托物言志。作为诗人，具有极强的审美意识，对自然界的变化极端敏感，日月不淹、春秋代序，美好的东西极易消失，永恒不变的仅仅是时间，世间一切美好的香花香草和集万物之灵于一身的人都被时光摧残。"人的伟大之所以为伟大，就在于他认识自己可悲。一棵树并不认为自己可悲。"（帕斯卡尔）然而他并不仅仅是如此貌美、纤洁而敏感的诗人，他更是高阳氏的子孙，是楚国的贵族，是生来就要做出一番成就的宗子。可以说，这样强烈的宗族使命感，强烈的自我意识，使得诗人将为

叁 惊采绝艳——《楚辞》的主要内容

君王前驱、效力,将楚国的强大繁荣作为毕生追求。于是,他接着陈述自己的衷心:

原文	今译
昔三后之纯粹兮, 固众芳之所在。[1]	从前楚国先王们德性纯美, 众芳都聚集在他们周围。
杂申椒与菌桂兮, 岂维纫夫蕙茝![2]	兼有申椒和菌桂, 哪里仅仅编织蕙草和白芷!
彼尧舜之耿介兮, 既遵道而得路。[3]	那尧和舜光明又正直, 于是找到了国家发展的康庄大道。
何桀纣之猖披兮, 夫唯捷径以窘步。[4]	夏桀和商纣放荡而不庄重, 走在斜出的小路上而道穷。
惟夫党人之偷乐兮, 路幽昧以险隘。[5]	只有那结党营私的党人苟且偷安, 国家的前途黑暗、狭隘而危险。
岂余身之惮殃兮, 恐皇舆之败绩![6]	我哪里是担心自身遭受祸殃, 害怕国家的战车倾覆!
忽奔走以先后兮, 及前王之踵武。[7]	匆忙奔走在皇舆的前前后后啊, 沿着前代先王的足迹前进。
荃不察余之中情兮, 反信谗以齌怒。[8]	君王不能明察我的内心啊, 反听信谗言而对我大发雷霆。
余固知謇謇之为患兮, 忍而不能舍也。[9]	我本懂得直言会招来祸患, 不忍心放弃自我的信仰。

指九天以为正兮，	手指苍天为我作证，
夫唯灵修之故也。[10]	那只是为了君王的缘故。
曰黄昏以为期兮，	
羌中道而改路![11]	
初既与余成言兮，	当初既然与我有了约定，
后悔遁而有他。[12]	后来有了别人后悔遁逸得没了踪影。
余既不难夫离别兮，	我并非因离别而痛苦，
伤灵修之数化。[13]	只是伤心君王的变化无常。

注释：

[1]昔：从前。三后：泛指楚国先王。纯粹：纯正不杂，形容品德纯美之至。固：本来。众芳：喻指各种优秀人才。[2]杂：兼备。申椒、菌桂：香草名，文中指一般香草。纫：编织。夫：那个。蕙茝（chǎi）：香草名，文中指较好的香草。[3]尧、舜：古时贤德的君王。耿：明白、光明，从天快亮到大亮叫耿。介：正直、正大。遵：沿着。道：正道、正途。遵道、得路：互文，指找到了国家发展的正确道路。[4]何：为什么，多么。桀、纣：夏朝末代君王夏桀和商朝末代君王商纣，都为古代著名亡国暴君。昌披：本意指穿衣服不系带子，不庄重严肃，喻指他们做事不严谨细密。捷径：斜出小路。窘步：使步窘，使动用法，喻指局面困窘。[5]党人：结党营私之人。偷：苟且。乐：享乐、享受。幽昧：黑

暗、昏暗的样子。险隘：危险而狭隘。[6]岂：哪里。余身：我自己本身。惮：害怕。殃：祸殃、灾祸。皇舆：国家的战车。败绩：倾覆。[7]忽奔走以先后：匆匆忙忙地奔走在君王所乘之车的前前后后，承接上文"来吾导夫先路"。及：赶上。前王：前代英明的君王。踵武：指前代君王的足迹。[8]荃（quán）：香草名，指君王。察：明察、分辨出。中：即"衷"。中情：

◎荃
——（清）门应兆《钦定补绘萧云从离骚全图》

内心世界。齌（jì）：急火烧饭，形容君王暴怒的猛烈和突然。[9]知：知道，懂得。謇（jiǎn）謇：正直、直言的样子。患：祸患、灾难。忍：不忍心。[10]九天：古代神话中天有九重。正：通"证"，证明。[11]此二句为衍文。[12]初：当初。成言：有约定。悔：反悔。遁：消失得无影踪。有他：有了他人。[13]难：以……为难事，对……难过。数化：屡次变化，变化无常。

这一节诗人历陈衷心，求君明鉴。诗人赞美三后的美好品德和治国之能，他们能招揽各种各样的人才使得国家强盛，反观桀和纣却因为自我放荡、缺少约束而落得个国灭身亡的悲惨下场。从"初既与余成言兮，后悔遁而有他"中，可以看出楚王与屈原曾经有过政治蜜月期，但却因为党人的因素使得其很短暂，最后遭到疏远。《离骚》中，屈原用男女关系比喻君臣关系，用男女婚姻的约定比喻一开始君王对自己的赏识、信任，用"悔遁而有他"比喻君王对自己失去了信任，疏远自己。这里，他总结历史政治得失经验，剖陈自己的衷曲，刻画了个指天作证、謇謇劝君的自我形象。

原文　　　　　　　　　今译

余既滋兰之九畹兮，　　我栽种了九畹的兰花，
又树蕙之百亩。[1]　　　又种了蕙百亩。
畦留夷与揭车兮，　　　垄种了留夷与揭车，
杂杜衡与芳芷。[2]　　　间种了杜衡和芳芷。
冀枝叶之峻茂兮，　　　希望他们枝繁叶茂，
原俟时乎吾将刈。[3]　　等待时机把他们收割。
虽萎绝其亦何伤兮，　　即使枯萎凋零又有什么悲伤，
哀众芳之芜秽。[4]　　　哀叹的是众芳都荒芜了。

注释：

[1] 既：已经。滋：培育、栽种。九、百：约数，指比

较多。畹（wǎn）：楚人使用的土地面积单位。[2] 畦（qí）：垄种。杂：间种。以上均指农业生产的两种方式。留夷、揭车、杜衡、芳芷都是香草。[3] 冀：希望。峻茂：形容枝叶茂盛。俟时：等待时机。刈（yì）：收割。[4] 虽：即使。萎：枯萎。绝：凋零。亦何伤：又有什么值得伤悲的。芜秽：荒芜变质。

这一节主要是叙述"哀众芳之芜秽"。滋兰树蕙是指培养人才，现在我们仍经常用这个成语来形容教育职业。诗人播种时满怀希望、收获的却是失望和打击。

原文	今译
众皆竞进以贪婪兮， 凭不厌乎求索。[1]	党人都争先恐后又贪婪， 贪得无厌，欲壑难填。
羌内恕己以量人兮， 各兴心而嫉妒。[2]	以自己的私心去猜测别人， 纷纷兴起了嫉妒之心。
忽驰骛以追逐兮， 非余心之所急。[3]	急急忙忙逐名夺利， 不是我内心所急于求得的。
老冉冉其将至兮， 恐修名之不立。[4]	老年渐渐逼至， 担心长远的美名不能确立。
朝饮木兰之坠露兮， 夕餐秋菊之落英。[5]	早晨喝的是木兰流下的清露， 晚上吃的是秋菊落下来的花瓣。

苟余情其信姱以练要兮，　　假如我的内心确实美好练洁，
长顑颔亦何伤。[6]　　　　终生面黄肌瘦也没什么可伤心。
擥木根以结茞兮，　　　　　拿起木根和白芷来编结，
贯薜荔之落蕊。[7]　　　　贯穿起薜荔的落花。
矫菌桂以纫蕙兮，　　　　　拿起菌桂和蕙来编结，
索胡绳之纚纚。[8]　　　　把胡绳编织得长长的披在身上。
謇吾法夫前修兮，　　　　　我效法的是前代的榜样，
非世俗之所服。[9]　　　　这不是当世一般人所穿着的。
虽不周于今之人兮，　　　　即使不能周合于当今世人，
愿依彭咸之遗则。[10]　　　我愿依照彭咸遗留下来的法则。

注释：

[1]众：指党人。竞进：争先恐后。凭：楚方言，满。[2]羌：发语词。内恕己以量人：用自己的想法推及猜测别人。兴心：起疑心、嫉妒之心。[3]这两句意为：像他们那样匆匆忙忙地争名夺利，不是我内心所急于达到、所需要的。[4]老：中国古代称人"五十始衰"，"六十将老"，"七十曰老"。冉冉：慢慢地。修名：美好的名声。[5]落英：落花。[6]余情：我的内心。信：确实。姱：美好。练：简练。要：扼要。长：长期。顑颔（kǎn hàn）：忍受饥饿、面黄肌瘦。伤：悲伤。[7]擥（lǎn）：楚国方言，即"揽"，拿起。木根：香草名。结：编织。贯：贯穿。薜荔：香草名。落蕊：

落花。[8] 矫：拿起。索：搓绳子。胡绳：香草名。纚（xǐ）纚：披离之状。[9] 謇：发语词。法：效仿。前修：前代为正直而死的贤人。世俗：一般人。这两句说：我不过是效仿那些前代为正直而死的贤臣，但这不是一般人所能坚持的。[10] 周：周合、投合。彭咸：商代贤臣，他劝说君王，君王不听，遂投水而死。

这一节讲诗人法前修之遗则。诗人担心老冉冉其将至，恐修名之不立，他一直汲汲自修，以前贤的遗则作为人生的标杆，对党人的贪婪给予了抨击。"老冉冉其将至，恐修名之不立"这样的恐慌总是萦绕胸怀，诗人于是又自我修炼。这里塑造了一个餐菊饮露、穿着前代时装的诗人形象。他的衣着是一种复古基础上的标新立异，象征着诗人性格的特立独行、自我个性美好的张扬。他又认为"苟余情其信姱以练要兮，长颇颔亦何伤"，心中只要有所坚持，那么生活的艰辛的确算不得什么。一篇《离骚》我们可以将之看成为诗人在自我和外界（指楚王和党人）两者双重作用下，写成的诗人自我修炼，自我表白的抒情诗。果然，下文又重申了这一点：

原文　　　　　今译
长太息以掩涕兮，　　长长叹息不断拭泪，
哀民生之多艰。[1]　　哀伤人生道路之艰难。

余虽好修姱以鞿羁兮,	即使我热衷修炼、自我约束而美好,
謇朝谇而夕替。[2]	早晨被君王骂了晚上就丢了官职。
既替余以蕙纕兮,	废弃我因为我以蕙来做香囊,
又申之以揽茝。[3]	又加上我采择白芷来编织。
亦余心之所善兮,	也是我内心以之为善的,
虽九死其犹未悔。[4]	即使死几次也绝不后悔。

注释：

[1] 太息：叹息，长长地叹出一口气来。涕：眼泪。掩涕：伤心到了极点，悄悄地流泪。民生：人生。[2] 好：喜好。修：修炼。姱：美好。鞿羁(jī jī)：驭马的工具，一个是缰绳，一个是笼头，引申为约束自己。谇(suì)：被责骂。替：被废弃。[3] 纕(xiāng)：佩带。申：加上、重复。揽：摘择。这两句说：既因为我用蕙来做香囊，又因为我采择白芷来编织，作佩饰。[4] 九：虚数，多次。犹：尚且。

这一节诗人继续申述其好修之美质。这里还是以与众不同的配饰来比喻不同于党人的美好品德，诗人也因此在短时间内被罢官疏远。他不认为这是自己的错，自己本来就没什么错，因为做得太好，所以才丢官。诗人自我安慰，并不后悔，因为自己所追求的并没有什么错。

原文	今译
怨灵修之浩荡兮，	埋怨君王你多么荒唐，
终不察夫民心。[1]	最后都不明白我的心。
众女嫉余之蛾眉兮，	那些人嫉妒我的妩媚，
谣诼谓余以善淫。[2]	造谣中伤说我淫荡。
固时俗之工巧兮，	本来时俗就工于取巧，
偭规矩而改错。[3]	违背规矩改变措施。
背绳墨以追曲兮，	违背绳墨追求邪曲，
竞周容以为度。[4]	竞相投合以为做人的法则。
忳郁邑余侘傺兮，	痛苦啊我怀才不遇，
吾独穷困乎此时也。[5]	只我一人穷困此时。
宁溘死以流亡兮，	宁可突然死亡、魂灵飘荡无所依，
余不忍为此态也。[6]	我不忍心摆出他们那种姿态。

注释：

[1]怨：埋怨。灵修：君王。浩荡：荒唐、糊涂。民心：人心，说到底是屈原对君主的忠诚。[2]蛾眉：眉细长如蚕蛾之眉（触角），比喻容貌美好。谣：造谣。诼：中伤。淫：过分、过度。[3]时俗：世俗之人。工巧：善于投机取巧。偭（miǎn）：违背。规，画圆的工具。矩：画方的工具。这里指按照规矩办事。改错：改变措施、做法。[4]背：违背。绳墨：木匠用的工具。竞：争相。周容：苟合取容于

人。度:法度,准则。[5]忳(tún)郁邑:忧愁烦闷的样子。侘傺(chà chì):怀才不遇,失意到极点。穷:仕途不顺。[6]溘(kè)死:突然死去。流亡:灵魂四处飘荡、无所定。

这一节写诗人怨灵修之浩荡。古人经常用规矩、绳墨来指代法律规章制度。众人都违背法度,竞相周容,取悦君王,"我"却因内心的美好,受排挤,受到造谣中伤。君王你是多么荒唐,竟也不明白"我"的心,"我"是宁可魂无所系也不会摆出取悦投合之态的。诗歌可是"兴、观、群、怨",屈原对灵修的怨是哀其不幸、怒其不争,一个"怨"字体现了诗人独特的心理。

原文	今译
鸷鸟之不群兮,	雄鹰超然不群,
自前世而固然。[1]	历代以来就如此。
何方圆之能周兮,	方和圆怎能合到一起,
夫孰异道而相安?[2]	道不同怎能相安?
屈心而抑志兮,	使心志受委屈压抑,
忍尤而攘诟。[3]	忍受指责接受泼过来的脏水,
伏清白以死直兮,	为清白正直而死,
固前圣之所厚。[4]	本来就是前代圣人们所赞许的。

注释:

[1]鸷(zhì)鸟:雄鹰一类的鸟。不群:超然不群,与众不同。前世:历代。[2]周:周合,合到一起。异道:不同的志向。相安:相安无事。[3]屈、抑:使动用法,使内心受到委屈,使志向受到压抑。忍:忍受。尤:罪名。攘(rǎng):接受。垢:脏的东西。[4]伏:坚持。所厚:所赞许的。

鸷鸟不同于那些麻雀、黄鹂之类的小小鸟,而是大鹏、是雄鹰,是鸟中的佼佼者。屈原并不是不能忍辱负重,他有远大的志向,也能忍尤攘诟,但是正如方和圆、异道不能相安那样,鸷鸟站在凡鸟之间已是饱受委屈,还是不能免受党人的猛烈攻击,竟到了要以"伏清白以死直"这样的信念来支撑人生,情感更推进一层。但下面宕开一笔:

原文	今译
悔相道之不察兮,	后悔选择道路不明确,
延伫乎吾将反。[1]	徘徊着我将要返回起点。
回朕车以复路兮,	掉转车头回到当初的道路上,
及行迷之未远。[2]	趁着在迷茫的道路上未走得太远。
步余马于兰皋兮,	走马在长满兰花的水边高地上,
驰椒丘且焉止息。[3]	在长满香椒的丘林奔驰又休息。

进不入以离尤兮，	仕进不顺利遭受不幸，
退将复修吾初服。[4]	罢退后我还要自我修炼巩固。
制芰荷以为衣兮，	缝制荷花的叶子做上衣，
集芙蓉以为裳。[5]	采集荷花的花瓣做下裙。
不吾知其亦已兮，	不懂得我也就算了吧，
苟余情其信芳。[6]	只要我内心确实美好。
高余冠之岌岌兮，	让我的帽子更加高，摇摇晃晃，
长余佩之陆离。[7]	让我的佩饰更加长，缤纷飘扬。
芳与泽其杂糅兮，	芳香与垢腻杂糅在一起，
唯昭质其犹未亏。[8]	只有我美好的品质没有亏损。
忽反顾以游目兮，	忽然回过头来极目远望，
将往观乎四荒。[9]	我将要到四处远方寻找我的理想。
佩缤纷其繁饰兮，	我的佩饰多么缤纷繁华，
芳菲菲其弥章。[10]	香味更加明显。
民生各有所乐兮，	每个人都有自己所喜好的，
余独好修以为常。[11]	我独独爱自我修炼将之作为准则。
虽体解吾犹未变兮，	即使肢解我也不会改变，
岂余心之可惩？[12]	我的内心哪里可以随意改变？

注释：

[1]相：观察、选择。延伫：徘徊，引申为反思。反：通"返"，指回到初来的道路上。[2]回：掉转车头。复路：

回到当初走的路上。及：趁着。[3]皋：水边高地。兰皋：长满兰花的水边堤岸。驰椒丘：奔驰在长满香椒的丘陵上。且：姑且。焉：那里。息：休息。[4]进不入：仕进不顺。离：通"罹"，遭遇。离尤：遭遇不幸。退：不做官。复修：再次提升修炼自己。初服：未做官时的服饰。[5]衣、裳：上身穿的叫衣，下身穿的叫裳。荷：荷叶。芙蓉：荷花。[6]不吾知：即"不知吾"，没有人了解我。其亦已兮：那也就算了吧。信芳：确实美好。[7]岌（jí）岌：高耸的样子。陆离：修长的样子。[8]芳：芳香的事物。泽：脏的东西。杂糅：混杂在一起。昭质：光明美好的品质。亏：亏损，减少。[9]反顾：回头看。游目：极目远眺。观：探索，寻找、寻求。四荒：四面边远之地。[10]芳：众芳。菲菲：非常香。弥：更加。章：通"彰"，彰显、明显。[11]民生：人生。各有所乐：各有自己所喜爱的。好修：自我修炼。常：常规、准则。[12]体解：古时酷刑名，俗云"五马分尸"、肢解。惩：知罪而受惩戒。

这一节诗人相道复修，更坚初志。诗人在抱"伏清白以死直"之志的紧要关头，又忽然煞住，自我总结经验教训，反顾从政的起点。现在我们揣摩，这种反思是不算成功的。因为他反思过后，又自我安慰，自我坚持，认为没有做错。可是，正因为如此，才有了屈原和《离骚》的相得益彰。"不吾知其亦已兮，苟余情其信芳。"孔子、屈原这类人都有反求诸己的可贵人格，其实他们内心丰富，更渴望有了解自己的人，这种知音难求的孤独感，都是伟大人物所必然会有的。他们又都有强烈的意志力，以一人之身，与社会和世俗做着奋力的抗争，心志的力量非常强大，虽体解犹不可改变。茫茫宇宙，一人踽踽独行，只有靠信仰支撑着。都说这是政治的悲剧，其实感人深处，恰与政治没有多少关系。"屈平辞赋悬日月，楚王台榭空山丘。"

以上是第一大段，是屈原前半生的人生追求的回顾和总结，也是今后人生抉择的反思与宣言，从《离骚》中，我们可以感受到诗人跳动的脉搏、心灵的创伤与人生的轨迹。

原文	今译
女嬃之婵媛兮， 申申其詈予，[1] 曰："鲧婞直以亡身兮， 终然殀乎羽之野。[2] 汝何博謇而好修兮， 纷独有此姱节？[3] 薋菉葹以盈室兮， 判独离而不服。[4] 众不可户说兮，	女嬃愤怒得直喘气， 反反复复地劝我说： "鲧因为刚直而忘身， 终于死在羽山之野。 你为什么过于直言，爱好高洁？ 为什么保持那么多美好的节操？ 满屋堆积着菉和葹， 你却抛弃他们而不肯佩服。 众人不能挨家挨户地去说明，

孰云察余之中情？[4]	谁能详察咱们的本心？
世并举而好朋兮，	世人互相抬举、拉帮结派，
夫何茕独而不予听？"[5]	你为什么孤零独特不听我劝？"

注释：

[1]女媭（xū）：《离骚》中的构拟人物。一说屈原之姐。婵媛：愤急喘息之貌。申申：反复地。詈（lì）：责备、劝告。[2]鲧：大禹的父亲。婞（xìng）直：刚直。亡：同"忘"。终然：终于。殀（yǎo）：杀死。[3]博：过。博謇：过于直言。纷：盛貌。姱节：美好的节操。[4]薋（cí）：积聚，聚集。菉（lù）、葹（shī）：均是普通的草。[5]户说：挨家挨户地说明。余：我们。[6]世：世人。并举：互相抬举、吹捧。朋：朋党、拉帮结派。茕（qióng）独：独特。

这一节是女媭的劝语。以鲧之悲惨事迹来劝说，可见保持姱节、一意孤行的后果之严重。三个"独"，感情色彩较重。但诗人又不听劝告，南征陈词。

原文	今译
依前圣以节中兮，	依照前圣的榜样没有偏差，
喟凭心而历兹。[1]	可叹心中愤怒一直到现在。
济沅湘以南征兮，	渡过沅水、湘水再往南行，

就重华而陈词：[2] 到舜帝那儿诉衷肠：
"启《九辩》与《九歌》兮， "夏启从天帝那儿偷来《九辩》《九歌》，
夏康娱以自纵。[3] 自我放纵享乐。
不顾难以图后兮， 不考虑灾难以图未来，
五子用失乎家巷。[4] 武观因而家庭叛乱。
羿淫游以佚畋兮， 羿过度放纵迷恋打猎，
又好射夫封狐。[5] 又喜欢围射大狐狸。
固乱流其鲜终兮， 固而淫乱之徒少有好下场，
浞又贪夫厥家。[6] 寒浞又贪恋他的妻子。
浇身被服强圉兮， 浇强暴有力，
纵欲而不忍。[7] 放纵欲望不能克制。
日康娱而自忘兮， 天天淫乐而忘记自身安危，
厥首用夫颠陨。[8] 他因此而脑袋落地。
夏桀之常违兮， 夏桀违背常规，
乃遂焉而逢殃。[9] 于是就遇上灾殃。
后辛之菹醢兮， 商纣王滥施酷刑，
殷宗用而不长。[10] 殷商的宗祀不能长久。
汤禹俨而祗敬兮， 汤和禹谨慎敬天，
周论道而莫差。[11] 周王讲究治国之道不出差错。
举贤而授能兮， 选拔任用贤能之人，
循绳墨而不颇。[12] 遵循法度不偏差。

皇天无私阿兮，　　　　　　上天对人没有偏私，
览民德焉错辅。[13]　　　　　看谁有德就给予辅助。
夫维圣哲以茂行兮，　　　　只有圣哲之人凭着盛德美行，
苟得用此下土。[14]　　　　　才能享有天下。
瞻前而顾后兮，　　　　　　纵览古今成败得失，
相观民之计极。[15]　　　　　看到人们衡量是非的标准。
夫孰非义而可用兮？　　　　哪有不义之君能长久享有天下？
孰非善而可服？[16]　　　　　哪有不善之君能长久享有天下？
阽余身而危死兮，　　　　　使我的身体临近险境而险些死
　　　　　　　　　　　　　去，
览余初其犹未悔。[17]　　　　回顾我当初的心志还是不后悔。
不量凿而正枘兮，　　　　　不测量好凿眼而安榫头，
固前修以菹醢。"[18]　　　　　故而先贤被剁成肉酱。"
曾歔欷余郁邑兮，　　　　　我愈加忧郁，痛哭流涕，
哀朕时之不当。[19]　　　　　哀叹自己生不逢时。
揽茹蕙以掩涕兮，　　　　　拿起柔软的蕙草擦拭眼泪，
霑余襟之浪浪。[20]　　　　　但泪如泉涌，沾湿了胸襟。

注释：

[1]节中：折中，不偏不倚，没有偏差。喟：感叹。凭：楚国方言，愤怒的样子。历兹：至此。[2]济：渡过。沅、湘：都是长江的支流，在楚境。重华：舜的号。《帝系》：

"瞽叟生重华,是为帝舜。葬于九嶷山,在沅湘之南。"故渡沅湘而南征。征:行进。[3]启:夏朝君主,禹之子。《九辩》《九歌》:古乐名,传说是启从天帝那里偷来的。夏:即夏启。康娱:寻欢作乐。自纵:放纵自己。[4]顾难:考虑患难。图后:为未来打算。五子:即"五观",又名"武观",启之幼子,曾叛乱。用乎:因此。家巷:即"家鬨(hòng)",家庭纷争,发生战乱。[5]羿:传说中夏代的有穷国君主,趁夏乱而起兵夺取政权。神话中的羿有射日之功,但他也霸占了河伯之妻宓妃。淫:过度。佚:放纵。畋(tián):打猎。封:大。[6]流:这一类人。乱流:淫乱之徒。鲜终:少有好下场。浞(zhuó):寒浞,传说中为羿相。浞行媚于内,施贿于外。他贪恋后羿之妻,勾结后羿的家臣逢蒙(神射手)把羿射杀,霸占了羿妻,生浇、豷二子。厥家:指他的妻子。[7]浇(ào):寒浞和后羿之妻所生之子。传说中他勇猛有力,能陆地行舟。被服:披服,引申为具有。强圉(yǔ):强暴有力。纵欲:放纵享乐。《天问》:"惟浇在户,何求于嫂?""女歧缝裳,而馆同爰止。"浇与其嫂女歧私通。不忍:不能自制。[8]日:天天。自忘:忘记自身的安危。厥首:他的头。颠陨:坠落。[9]常违:违背常规。遂焉:终于。逢殃:遭遇灾祸,亡国被流放。汤灭夏后,流放夏桀于南巢。[10]后:君王。辛:商纣之名。菹醢(zū hǎi):古代酷刑,把人剁成肉酱。史载"纣醢九侯,脯鄂侯。"殷宗:殷代宗庙祭祀。用而：因而。[11]汤：商汤。禹：夏禹。俨：小心谨慎。祗（zhī）：敬。周：周代文王、武王。论道：治国之道。莫差：没有差错。[12]举贤：选拔贤才。授能：任用能人。绳墨：比喻法度。颇：偏差。[13]阿（ē）：偏袒。民：人，指国君。错：同"措"，安排。[14]维：通"惟"，只。圣哲：圣贤之人。茂行：盛德的行为。苟得：才能。用：享用。下土：国土、天下。[15]瞻前、顾后：指纵观历史、历览古今。民：百姓。计极：衡量是非的标准。[16]孰：哪个。服：同"用"，享有。[17]阽（diàn）：临近险境。危死：险些死去。初：初志，指好修事君之志。[18]量：测量，凿：凿眼，以安榫头。枘（ruì）：木榫。枘要插进凿中，如不度量凿来削正枘，就无法合榫。量凿正枘，喻人臣如果不度量国君的贤愚，而直言进谏，必然取祸。[19]曾：同"增"，愈加。歔欷（xūxī）：哀泣之声。时之不当：生不逢时。[20]茹：柔软的。霑：同"沾"，浸湿。襟：衣裳之边际皆谓襟，泛指胸前的衣服。浪浪：水流不断之貌，状眼泪之多。

这一节南征陈词，主要有三方面内容：一是引征古训，论述为君之道；二是论述为臣之理；三是抒发陈词之慨。如此恳切、体贴的劝谏，做到了形象与理论、历史与现实、哲理与深情的交融。身处逆境的屈原在历史中找到了慰藉，也找到了改变现实的武器，但他又在历史经验中看到了今天亦是历史发展的必

然,预感到自己的种种努力可能无济于事。我们敬佩屈原之处正在这些地方,自处险境而不放弃追求已是不易,而预感到理想破灭仍孜孜以求、至死不悔,则见出屈原的敏锐的洞察力、昂扬勃发的情绪与沉着从容的态度以及执着前行的顽强精神。

原文	今译
跪敷衽以陈辞兮,	铺开上衣的下摆诉说衷情,
耿吾既得此中正。[1]	我感到心明眼亮已得中正之道。
驷玉虬以乘鹥兮,	以龙为马、以凤为车,
溘埃风余上征。[2]	忽然一阵大风,我上行于天。
朝发轫于苍梧兮,	早晨从九嶷山出发,
夕余至乎县圃。[3]	晚上到达悬圃。
欲少留此灵琐兮,	想稍许在神仙门前停一停,
日忽忽其将暮。[4]	太阳很快就落下。
吾令羲和弭节兮,	我命令羲和把太阳的车子停下,
望崦嵫而勿迫。[5]	望着崦嵫山不要靠近。
路曼曼其修远兮,	路途漫漫又长远,
吾将上下而求索。[6]	我将上天入地反复追求。
饮余马于咸池兮,	让我的马在太阳洗澡的澡池中饮水,
总余辔乎扶桑。[7]	在扶桑树下总握六辔。
折若木以拂日兮,	折下一枝若木挡住太阳下落,
聊逍遥以相羊。[8]	姑且让它逍遥徘徊。

前望舒使先驱兮，	命令望舒在前面开路，
后飞廉使奔属。[9]	让飞廉跟随在后面奔跑。
鸾皇为余先戒兮，	令鸾凤佐望舒前戒，
雷师告余以未具。[10]	雷师告诉我还未准备好。
吾令凤鸟飞腾兮，	我令凤鸟展翅飞腾，
继之以日夜。[11]	夜以继日。
飘风屯其相离兮，	旋风屯聚，相附于车子，
帅云霓而来御。[12]	又率领云霞前来迎接。
纷总总其离合兮，	云霓纷然杂聚，乍离乍合，
斑陆离其上下。[13]	色彩斑斓，忽高忽低。
吾令帝阍开关兮，	我命令天帝的守门人把门打开，
倚阊阖而望予。[14]	他靠着天门冷冷地望着我。
时暧暧其将罢兮，	日光昏暗，一天又将过去，
结幽兰而延伫。[15]	我手里编着幽兰，在天门前久久徘徊。
世溷浊而不分兮，	现实社会如此黑暗，不分是非曲直，
好蔽美而嫉妒。[16]	总是埋没人才嫉妒贤能。

注释：

[1]敷：铺开。衽（rèn）：上衣的前下摆。中正：公正。[2]驷：驾车的四匹马，名词活用作动词。玉虬：白色的龙。鹥（yī）：凤凰。溘：忽然。埃风：夹着尘埃的大风。上征：向天上飞行。[3]发轫：拔掉止车的木头，指出发。苍

梧：九嶷山。县（xuán）圃：神话中地名，在昆仑山的中层。县，通"悬"。[4]少留：稍微停留。灵琐：仙官之门。琐：门上雕刻的花纹。[5]羲和：太阳的驾车人，传说中他每天驾着车子在天上巡游一回。弭（mǐ）节：放下马鞭，停车不进。节，马鞭。崦嵫（yān zī）：传说中日落处的神山。迫：靠近。[6]曼曼：同"漫漫"，路很长的样子。索：求。[7]咸池：神话中地名，传说中太阳每天早晨动身前要在咸池中沐浴。总：系结。辔：缰绳。扶桑：神树，长在东方日出之处。[8]若木：神话中长在西方日落之处的神树。拂：逆、阻。拂日：拂拭太阳，阻止其下山。逍遥：徘徊。相羊：通"徜徉"，徘徊。[9]望舒：月神的驾车人。先驱：前驱。飞廉：风神。属：跟随。[10]鸾皇：凤凰。先戒：先行警戒。雷师：雷神。具：准备好。[11]这两句说：我命令凤鸟展翅飞腾，夜以继日，昼夜兼程。[12]飘风：旋风。屯：聚。离：附。帅：同"率"，率领。云霓：云霞。御：迎接。[13]纷总总：聚集之状。斑陆离：光彩错杂之貌。离合：忽聚忽散。上下：忽高忽低。[14]帝：天帝。阍（hūn）：守门人。开关：打开门闩。倚：靠着。阊阖（chāng hé）：楚人名门曰阊阖。[15]暧（ài）暧：日光昏暗的样子。罢：完结。结：编。延伫：徘徊犹豫。[16]溷（hùn）浊：混乱、浑浊。好：喜欢。美：优秀的人才。

这一节叙述乘鷖上征，终无所合。这次行程声势浩大，仪从颇盛。从"驷玉虬以乘鹥兮"到"斑陆离其上下"这些铺陈中的神话色彩令人倍感惊奇，诗人竟能"折若木以拂日"，举重若轻，那种朝夕转瞬即逝的、令人心惊胆战的时光交迫之感，在这一刻似乎静止，显得那样的宁谧。但是结果却仍然是令人失望的，天上人间都一样浑浊，那样大的上征声势，却被一个天庭的看门人这样的小人物拦阻而作罢，这样巨大的落差不可不谓荒诞。但屈原并不会就此放弃追求："路曼曼其修远兮，吾将上下而求索。"

原文	今译
朝吾将济于白水兮，	我打算早晨渡过白水，
登阆风而绁马。[1]	登上阆风后把马拴在那儿。
忽反顾以流涕兮，	忽然回看悬圃，禁不住涕泪长流，
哀高丘之无女。[2]	悲哀天庭里找不到理想中的美女。
溘吾游此春宫兮，	我匆忙游览富丽堂皇的神宫，
折琼枝以继佩。[3]	折下琼枝以增加我的佩饰。
及荣华之未落兮，	趁着玉树之花尚未凋落，
相下女之可诒。[4]	看看下界的美女，能否赠给她。
吾令丰隆乘云兮，	我让丰隆为我驾起云霓，
求宓妃之所在。[5]	寻找宓妃的所在之处。
解佩纕以结言兮，	解下佩饰拿去订约，
吾令蹇修以为理。[6]	让蹇修充当我的媒人。

◎ 吾令丰隆乘云兮,求宓妃之所在。……夕归次于穷石兮,朝濯发乎洧盘。
——(清)门应兆《钦定补绘萧云从离骚全图》

纷总总其离合兮,	宓妃态度暧昧,忽离忽合,
忽纬繣其难迁。[7]	突然闹别扭,这种态度实在难以迁就。
夕归次于穷石兮,	她晚上住在穷石,
朝濯发乎洧盘。[8]	早晨又跑到洧盘那儿洗发梳妆。
保厥美以骄傲兮,	仗着她的美貌骄人傲物,
日康娱以淫游。[9]	成天放纵享乐,一味游荡。
虽信美而无礼兮,	虽然确实美丽然而不讲礼法,
来违弃而改求。[10]	来吧,让我们弃她而另作他求。
览相观于四极兮,	观察寻求直到四方的尽头,

周流乎天余乃下。[11]	游遍了整个天国才下到人间。
望瑶台之偃蹇兮，	远远望到高高的瑶台，
见有娀之佚女。[12]	看见了有娀氏的美女简狄。
吾令鸩为媒兮，	我让鸩鸟去作媒人，
鸩告余以不好。[13]	鸩鸟却欺骗我说简狄不好。
雄鸠之鸣逝兮，	雄斑鸠愿为我说合，边飞边叫，
余犹恶其佻巧。[14]	我又讨厌它轻佻奸巧。
心犹豫而狐疑兮，	心里犹豫而迟疑不决，
欲自适而不可。[15]	想亲自登门又不合礼仪。
凤皇既受诒兮，	凤凰已经为高辛送聘礼去了，
恐高辛之先我。[16]	恐怕高辛会在我之前娶得简狄吧。
欲远集而无所止兮，	我想往远方去而又无处可去，
聊浮游以逍遥。[17]	姑且四处闲游，徘徊观望。
及少康之未家兮，	趁着少康还没有成家，
留有虞之二姚。[18]	还留有有虞氏的两个姚姓女子可以追求。
理弱而媒拙兮，	使者、媒人无能又笨拙，
恐导言之不固。[19]	恐怕撮合亲事不牢固。
世溷浊而嫉贤兮，	现实社会黑暗总是嫉妒贤能，
好蔽美而称恶。[20]	喜欢掩盖美质而称道恶行。
闺中既以邃远兮，	美女难以追求啊，
哲王又不寤。[21]	贤明的君王又不醒悟。

怀朕情而不发兮，　　我怀着忠贞之情而无可抒发，
余焉能忍此而终古？[22]　我怎能长期忍受这种境遇？

注释：

[1]白水：神话中河流名，在昆仑山下。阆（làng）风：山名，在昆仑之上。绁（xiè）：拴。[2]反顾：回头看。高丘：即天庭。[3]春宫：富丽堂皇的神宫。琼枝：玉树之枝。继：增加。[4]荣华：指玉树的花朵。下女：下界的女子。诒：同"贻"，赠送。[5]丰隆：云神。宓（fú）妃：洛水女神。[6]佩纕：佩饰。结言：订约。謇修：人名，善于说媒之人。理：媒人。[7]纷总总：指宓妃态度暧昧不定。纬繣（wěi huà）：乖戾。难迁：难以迁就。[8]次：止宿，歇息。穷石：神话中的地名。濯（zhuó）：洗。洧（wěi）盘：神话中水名。[9]保：仗着。厥：她的。[10]违弃：抛弃。[11]览、相、观：同义词连用，看、寻求。四极：四方极远之地。周流：周游、遍游。[12]瑶台：玉台。偃蹇：高貌。有娀（sōng）：有娀氏，传说中的上古原始部落。佚女：美女，指简狄。[13]鸩（zhèn）：传说中的一种毒鸟。[14]鸠：斑鸠。鸣逝：边飞边叫。恶：憎、嫌。佻巧：轻佻奸巧。[15]犹豫：与"狐疑"同义，踌躇不决。不可：于礼不可。[16]凤皇：即"凤凰"，帝喾的使者。受：致、送。诒：通"贻"，名词，礼物。高辛：帝喾即位后的年号。

[17]集：停留。浮游：四处闲游。[18]少康：夏代中兴之君，相之子。浞、浇作乱之时，他潜逃至有虞，有虞妻之以二女。后广收夏众，灭浇，复兴夏朝。家：动词，成家、结婚。有虞：传说中古姚姓部落名。二姚：指有虞国君的两个女儿。[19]导言：媒人撮合之言辞。不固：不牢靠，指不能把婚事说成。[20]称：称赞。[21]闺：旧时女子所居之内室。以：通"已"。深邃：深。哲王：贤明的君主。寤：通"悟"，醒悟。[22]发：抒发。终古：永远。

这一节叙述三次求女的失败经历及原因，表现了诗人不屈的追求。最后由求女终无所获，归结到楚君之不悟，抒发自己的忧愤。以上是第二大段，"上下求索，以悟其君"，以女媭之詈引出自己思想上努力追求与明哲保身的矛盾斗争，通过南征陈词来解决。下则以叩阊求女，表现出对楚王无望、求女不得，故又引起下文。

原文	今译
索藑茅以筳篿兮， 命灵氛为余占之。[1] 曰："两美其必合兮， 孰信修而慕之？[2]	取来茅草和小竹片， 请灵氛为我占卜。 说："世上虽有双方美好必可结 　　合的说法， 但在楚国有谁真正值得爱慕？

思九州之博大兮，	你想想中国如此辽阔，
岂惟是其有女？"[3]	难道只有此地才有美女吗？"
曰："勉远逝而无狐疑兮，	再说："你还是努力到远方去吧，不要迟疑，
孰求美而释女？[4]	只要有人诚心寻求美才，谁会把你放过呢？
何所独无芳草兮，	天涯处处皆芳草，
尔何怀乎故宇？"[5]	你何必怀念故乡？"
世幽昧以眩曜兮，	世道昏暗，
孰云察余之善恶？[6]	有谁能分辨出我们的好坏？
民好恶其不同兮，	人们的好恶哪有什么不同，
惟此党人其独异![7]	只有这帮结党营私的小人独独与众不同！
户服艾以盈要兮，	家家户户把艾草挂在腰间，
谓幽兰其不可佩。[8]	说清香的幽兰不可佩带。
览察草木其犹未得兮，	他们观察草木还不能得到正确的认识，
岂珵美之能当？[9]	又怎能恰如其分的品评美人？
苏粪壤以充帏兮，	取粪土充满香囊，
谓申椒其不芳。[10]	说申椒臭而不香。

注释：

［1］索：取。藑（qióng）茅：占卜用的一种茅草。筳（tíng）：占卜用的小竹片。篿（zhuān）：楚人结草折竹以卜曰篿。灵氛：卜师名。［2］曰：灵氛之卜辞。两美：以男女俱美而匹合，比喻良臣必遇明君。信修：确实美好。［3］思：你仔细思考，灵氛告诫屈原之词。九州：古时讲中国分为九州，指天下。是：此地，指楚国。女：这里指贤君。［4］远逝：远行。释：放弃，放过。［5］芳草：贤明之君。故宇：故居，故国。［6］幽昧：昏暗。眩曜：日光强烈，使人头昏眼花。［7］其不同：即"岂不同"，哪有不同。独异：与众不同。［8］户：家家户户。服：佩。艾：艾蒿，恶草。盈：满。要：同"腰"。［9］理（chéng）：同"程"，品评。当：恰当。［10］苏：拾取。粪壤：粪土。充：填满。帏（wéi）：香囊。

以上为第三大段第一层，为灵氛的卜辞。实际上这是屈原的内心活动，通过揭露楚国政治的黑暗与党人的可恶，说出去楚的另一理由。

原文	今译
欲从灵氛之吉占兮，	我想听从灵氛得出的吉祥预言，
心犹豫而狐疑。[1]	心里却迟疑不决。
巫咸将夕降兮，	巫咸将在晚间降神，

◎ 百神翳其备降兮，九嶷缤其并迎。
——（清）门应兆《钦定补绘萧云从离骚全图》

怀椒糈而要之。[2]	怀揣着花椒、精米等礼神之物去迎候。
百神翳其备降兮，九嶷缤其并迎。[3]	天上众神遮天蔽日地全部下降，九嶷山诸神纷纷相迎。
皇剡剡其扬灵兮，告余以吉故。[4]	百神光芒闪耀，显示威灵，告诉我一些古代的吉事。
曰："勉升降以上下兮，求矩矱之所同。[5]	说："努力到上下四方去寻求吧，寻求那些与你志同道合的人。

汤禹俨而求合兮，　　　　商汤、夏禹认真寻求志同道合的人，
挚咎繇而能调。[6]　　　　得到伊尹、皋陶而君臣协调。
苟中情其好修兮，　　　　只要衷心爱好优美的品质，
又何必用夫行媒？[7]　　　又何必借助媒人往来说合？
说操筑于傅岩兮，　　　　傅说拿着夯土棒在傅岩筑墙，
武丁用而不疑。[8]　　　　武丁毫不犹豫地用他为相。
吕望之鼓刀兮，　　　　　吕望原来是个挥刀的屠夫，
遭周文而得举。[9]　　　　遇到周文王而得到重用。
宁戚之讴歌兮，　　　　　宁戚敲着牛角唱歌，
齐桓闻以该辅。[10]　　　 齐桓公听到后把他备为辅佐。
及年岁之未晏兮，　　　　趁着年纪还不算老，
时亦犹其未央。[11]　　　 时光还未完全消逝。
恐鹈鴂之先鸣兮，　　　　怕的是鹈鴂会提前哀鸣，
使夫百草为之不芳。"[12]　使各种花草失去芳香。"

注释：

[1]吉占：吉利的判断。[2]巫咸：神巫。夕降：晚间降神。怀：揣在怀里。糈（xǔ）：精米。要：通"邀"，迎候。[3]百神：群神。备降：全部降临。九嶷：九嶷山诸神。缤：众多貌。并迎：一齐迎接。[4]皇：百神。剡（yǎn）剡：光芒闪耀。扬灵：显示神灵。吉故：前事之吉者，指下文讲的前代君臣遇合的佳话。[5]曰：巫咸转告百神的话。

◎ 恐鹈鴃之先鸣兮，使夫百草为之不芳。
——（清）门应兆《钦定补绘萧云从离骚全图》

勉：勉力，努力。升降、上下：上下求索之义。矩矱（huò）：矩是画方的工具，矱是画长短的工具。两者都喻指法则、政治主张、理想志趣等。[6]俨：严肃诚心。求合：访求志同道合之臣。挚：伊尹名，商汤之相，传说他曾经做过厨师，以烹调技术为汤赏识，后被重用。咎繇（gāo yáo）：即皋陶，禹之贤臣。调：协调。

[7]苟：假如、只要。用：借助。行媒：派遣媒人。[8]说（yuè）：傅说。筑：版筑。这里指筑墙所用的工具——捣土棒。武丁：殷高宗。[9]吕望：即姜子牙。他曾卖浆、屠牛、钓鱼，后被周文王发现，委以重任。鼓刀：动刀，指为屠夫。[10]宁戚：卫人。桓公夜出，宁戚方饭牛，叩角高歌，桓公闻之，知其贤，举为客卿。齐桓：齐桓公，春秋五霸之一。该：备。辅：辅佐。[11]晏：迟、晚。犹其未央：即其犹未央。央：尽。[12]鹈鴃（tí jué）：鸟名，即杜鹃，秋天鸣。先鸣：提前哀鸣。古人认为鹈鴃鸣则秋天到，百草就将开始凋谢。

以上是第三大段第二层,巫咸降神,劝屈原远逝,择君另辅,速去可成。与灵氛相比,规劝的程度有所加深。

原文	今译
何琼佩之偃蹇兮,	我的佩饰多么繁盛美好,
众薆然而蔽之。[1]	但那帮小人却把它壅蔽。
惟此党人之不谅兮,	想到他们不相信,
恐嫉妒而折之。[2]	担心他们因嫉妒而毁坏它。
时缤纷其变易兮,	时世纷乱变化无常,
又何可以淹留?[3]	又怎能在这里久留?
兰芷变而不芳兮,	兰与芷变得不香了,
荃蕙化而为茅。[4]	荃和蕙变成了茅草。
何昔日之芳草兮,	为什么往日的香草,
今直为此萧艾也?[5]	现在竟然变成了萧艾?
岂其有他故兮,	难道还有别的缘故吗?
莫好修之害也![6]	是不爱惜美质所造成的恶果啊!
余以兰为可恃兮,	我以为兰草总可靠,
羌无实而容长。[7]	没想到它华而不实、徒有外表。
委厥美以从俗兮,	抛弃它的美质而追随世俗,
苟得列乎众芳。[8]	苟且只能被人列为芳草。
椒专佞以慢慆兮,	椒竟变得傲慢专横、花言巧语,
樧又欲充夫佩帏。[9]	樧又想钻进人们佩戴的香袋。

既干进而务入兮，	既然一心钻营向上爬，
又何芳之能祇？[10]	又怎能保持自己的美质呢？
固时俗之流从兮，	世俗的风气本来就随波逐流，
又孰能无变化？[11]	谁又能保持美好的品质而不变化？
览椒兰其若兹兮，	看看椒和兰尚且变得如此，
又况揭车与江离？[12]	又何况次一等的揭车与江离？
惟兹佩之可贵兮，	独有我的佩饰最为可贵，
委厥美而历兹。[13]	但它的美质却被人摒弃至今。
芳菲菲而难亏兮，	香气浓郁，难以亏损，
芬至今犹未沫。[14]	它的芳香至今还没有变淡。
和调度以自娱兮，	我调整佩玉的音节和步伐的节奏以自娱，
聊浮游而求女。[15]	姑且四处遨游，去寻求理想的对象。
及余饰之方壮兮，	趁着佩饰正在盛美之际，
周流观乎上下。[16]	周游观访于上下四方。

注释：

[1] 琼佩：玉佩。偃蹇：繁盛美好。薆（ài）：遮蔽。[2] 惟：思。不谅：不信己琼佩之美。折：摧残而夭折。[3] 时：时世，世道。缤纷：乱。淹：久。[4] 茅：恶草，比喻不贤之人。[5] 直：竟然。萧艾：臭草，比喻变节之人。[6] 他故：别的缘故。莫：不。[7] 可恃：可靠。容长：徒有外表。[8] 委：弃。从俗：随从世俗之所好。众芳：比

喻被世俗所推崇的人。[9]专佞（nìng）：专横、谗佞。慆（tāo）：慢、傲慢。樧（shā）：香草。[10]干：求。干进、务入：都指钻营。祗：保持。[11]流从：随波逐流。[12]揭车：香草。[13]惟：独。委厥美：厥美见委于众人，指自己的美质见弃于当世之人。[14]亏：亏损，减少。沫（mèi）：同"昧"，暗淡。[15]和：动词，调节而使之和谐。调：指佩玉所发出的音响。度：指有规律的步伐。和调度：表示步伐安闲的情态、平静从容的风度。[16]方壮：方盛。周流：周游。上下：上天入地。

这一层写屈原听了氛、咸之劝后的进一步思索，正面说明于楚无望、恋楚有祸。自己是琼佩偓僳，菲菲难亏；而众党人是非颠倒，欲置他于死地；众芳也变质从俗，干进务入。从而说明世道纷乱，变化无常，楚地不可久留。既痛心昔日所树之徒劳，又感念时事之纷乱，欲保其好修中情，唯浮游求女。

原文	今译
灵氛既告余以吉占兮，历吉日乎吾将行。[1]	灵氛既已把吉祥的卜辞告诉我，选个好日子我将远行。
折琼枝以为羞兮，	我折下玉树的枝条，把它做成菜肴，
精琼爢以为粻。[2]	挑选玉屑作为干粮。

为余驾飞龙兮,	替我把飞龙驾上套,
杂瑶象以为车。[3]	用象牙镶成车辆。
何离心之可同兮?	心志不同怎能凑合在一起?
吾将远逝以自疏。[4]	我将远去,主动离开。
邅吾道夫昆仑兮,	我把出行路线转向昆仑,
路修远以周流。[5]	道路即使遥远也要去周游。
扬云霓之晻蔼兮,	云霞之旗翻卷飘扬,遮天蔽日,
鸣玉鸾之啾啾。[6]	玉鸾之铃一路鸣唱,清和悦耳。
朝发轫于天津兮,	早晨从东方天河渡口出发,
夕余至乎西极。[7]	晚间到达西方的尽头。
凤皇翼其承旂兮,	凤凰展开翅膀,承举这云霞之旗,
高翱翔之翼翼。[8]	整齐和谐地凌空翱翔。
忽吾行此流沙兮,	忽然来到这流沙地带,
遵赤水而容与。[9]	沿着赤水缓缓前进。
麾蛟龙使梁津兮,	指挥蛟龙,让它们作为桥梁架在渡口,
诏西皇使涉予。[10]	命令西方之神把我渡过河去。
路修远以多艰兮,	道路遥远而且困难重重,
腾众车使径待。[11]	传令众车竞相侍卫。
路不周以左转兮,	路过不周山又向左转,
指西海以为期。[12]	指定西海作为最终目的地。
屯余车其千乘兮,	聚集起我的成千辆的众车,

◎ 为余驾飞龙兮,杂瑶象以为车。麾蛟龙使梁津兮,诏西皇使涉予。
——(清)门应兆《钦定补绘萧云从离骚全图》

齐玉轪而并驰。[13]	让它们保持同一速度而并驾齐驱。
驾八龙之婉婉兮,	驾车的龙蜿蜒前进,
载云旗之委蛇。[14]	车上的旗子随风招展。
抑志而弭节兮,	我定下心来,使车辆停止前进,
神高驰之邈邈。[15]	我的思绪飞得很远很远。
奏《九歌》而舞《韶》兮,	演奏《九歌》又跳起《韶武》,
聊假日以媮乐。[16]	姑且借此机会娱乐一番。

◎ 陟升皇之赫戏兮,忽临睨夫旧乡。
——(清)门应兆《钦定补绘萧云从离骚全图》

陟升皇之赫戏兮,	东升的太阳光芒四射,
忽临睨夫旧乡。[17]	我忽然向下见到了故乡。
仆夫悲余马怀兮,	我的仆人悲伤、马也怀恋,
蜷局顾而不行。[18]	弓着身子顿住马蹄不肯往前。

注释:

[1]历:选。[2]羞:同"馐",菜肴。精:选。琼靡:

玉屑。粻（zhāng）：粮。[3]杂：兼用。瑶象：美玉与象牙。[4]离心：异志。自疏：自动出走。[5]邅（zhān）：楚方言，转道，转向。[6]扬：飞扬。云霓：旌旗。晻蔼（yǎn ǎi）：因云霞蔽日而光线变暗。玉鸾：用玉雕成鸾鸟形的车铃。啾（jiū）啾：鸟鸣声悦耳。[7]天津：东方的天河渡口。西极：西方的尽头。[8]翼其：翼然，翅膀开张之貌。承：托，举。旂（qí）：云旗。翼翼：整齐而有节奏。[9]流沙：神话中的西方沙漠之地。赤水：神话中发源于昆仑山的水。容与：缓行。[10]麾（huī）：指挥。梁：桥。津：渡口。诏：命令。西皇：西方之神。[11]腾：传令。径待：是"径侍"之误，竞相侍卫。[12]路：路经。不周：神话中的山名。西海：传说中的西方神海。期：目的地。[13]屯：聚。乘：量词，四马一车曰乘。軑（dài）：车轮。[14]婉婉：一本作"蜿蜿"，指龙身曲伸前行之貌。委蛇（wēi yí）：飘扬。[15]抑志：控制心情。神：神思、思绪。高驰：高飞。邈（miǎo）邈：遥远之貌。[16]韶：即《九韶》，传说是舜时的乐舞。假日：借此机会。娱乐：即娱乐。娱，通"愉"。[17]陟：上升。升皇：初出的太阳。赫戏：光明。临睨（nì）：从上往下看。旧乡：故乡。[18]怀：怀恋。蜷局：蜷曲不伸。

以上是第三大段的第四层，写自己行而复止。开始写出行的准备、出行的原因,中间写出行的路线,间或写到出行盛况,末四句写出行结果。在情绪上忽然乐极悲来,如苦人得喜梦,乍然惊醒,呜咽不已。在表达上,借仆马为言,以明己怀,极尽缠绵悱恻、一唱三叹之致。

原文	今译
乱曰:[1]	乱:
已矣哉![2]	算了吧!
国无人莫我知兮,	楚国没有人理解我,
又何怀乎故都![3]	我又何必怀念故都呢!
既莫足与为美政兮,	既然没有人值得我跟他一起去实行美政,
吾将从彭咸之所居![4]	我将以彭咸为榜样!

注释:

[1]乱:"乱"是一篇的总结。[2]已矣哉:算了吧![3]人:这里指君主。[4]美政:指屈原的政治理想。彭咸:古贤人,以身殉节。

以上是尾声,是全篇的总结,也是作者悲愤的凝结。短短的几句话,包含着极其丰富的内容:其一,国无人,莫我知,莫足与为美政,说明故都之不足怀;其二,祖国不足怀却不能不怀，说明他思想上的巨大矛盾——既欲为美政，于国内又不能，欲之他国又不忍，去留的矛盾反映出忠君爱国与为美政的矛盾，最后他还是站在忠君爱国的立场上牺牲本人的前途；其三，解决矛盾的方法，以死报国，以身殉节，表现出不屈服的态度。

总结起来，《离骚》的主要思想有以下几个方面。一是揭露了楚国政治的黑暗。具体表现在楚王昏庸，小人猖獗，众芳变质。二是表现了好修的美德与坚贞的操守。第三，抒发了强烈的恋乡兴国之感。这个忠而见疑却系心君主的人，对君主虽有抱怨，有微词，但这都是一些恨铁不成钢的感情。他忧国忧民更忧君，怨君伤君更思君，其出发点都是劝诫、引导。他自叙生平遭遇，力抨群小，论修明志，痛惜人才变质，都是为求君醒悟、求君信任服务的，都是一种直接或间接的表白。因此，一个缠绵悱恻、忠君爱国的贤臣形象跃然纸上，千百年来激励着无数的志士仁人。

《离骚》在艺术构思上的主要特点是以叙事为手段。作为中国第一首长篇抒情诗，它不同于一般篇幅短小、没有故事情节的抒情诗，在诗中铺设了故事情节。诗的前一部分是在诗人大半生经历的历史发展的广阔背景上展开抒情，后一部分又设置了女媭劝告、陈词重华、上征求女、占卜降神等一系列的幻境，使他具有生动瑰奇的故事情节。情节的逐步展开使得整个诗篇波澜起伏、百转千回，时而平静舒缓，时而激动呼号，时而热情奔放，时而沉郁悲痛，眼看就要到了山穷水尽的地步，却转眼出现了柳暗花明的境界。

随着情节的逐步展开，诗人淋漓尽致地揭示出自己的内心世界。首先是自己与君王的矛盾，即报效君王与君王听谗疏己的矛盾；其次是自己与党人的矛盾；再次是自己与变节者之间的矛盾；最后是自己内心的矛盾，包括追求与失望的矛盾、坚持斗争与明哲保身的矛盾、忠君爱国与实行美政的矛盾。通过多种矛盾错综复杂的斗争，塑造出了具有执着个性的、内美与外美高度统一的诗人形象。

《离骚》的表现手法：一是进步的政治内容与完美的艺术形式高度统一。在现实世界走投无路时再转入对精神世界的追求，用幻想的境界来表现，显得水到渠成、水乳交融。在比较现实的描写中也带有神奇的非现实的成分，以幻想境界表现自己的感情，又往往用一两句话回到现实之中，神人一贯，如叩阍求女。二是创造性地发展了《诗经》中最为普遍的比兴手法。《诗经》的比兴往往是一首诗的片段，《离骚》则用一个接一个的比兴构成完整的象征体系，以表现复杂的内容。如以男女关系喻君臣关系，并由此出发，派生出一系列的比喻：有时设言双方都为美人，有时设言自己为女性，有时设言自己为男性。这些都对后世的文学创作产生了深远的影响。

（四）灿烂星河，百问惊天下

《天问》是屈原创作的一部长篇抒情性哲理诗，全诗374句，1559字，采用巫术降神中一问到底的句式，提出了172个问题。《天问》的主要内容有三个方面：宇宙天体；神话传说；历史兴亡。郭沫若称赞说："《天问》这篇要算是空前绝后的第一等奇文字。全篇以一'曰'字领头，通体用问语，一口气提出了一百七十二个问题。以那种主干以四字为句、四句为节的板滞的格调，而问得参差历落，奇矫活突，毫无板滞的神气，简直可以惊为神功。……那种怀疑的精神，文学的手腕，简直是前无古人而后无来者。"林云铭说："一部楚辞，最难解者，莫如《天问》一篇。"所谓天问，就是对天地间一切事物和天理、天命、天道的提问。

在《天问》研究中，比较复杂的一个问题就是"错简"说。王逸《楚辞章句》云："见楚有先王之庙及公卿祠堂，图画天地、山川神灵、琦玮谲佹，及古贤王、怪物行事。周流罢倦，休息其下。仰见图画，因书其壁，呵而问之，以渫愤懑，舒泻抽思。楚人哀惜屈原，因共论述，故其文义不次序云尔。"关于《天问》有无错简、错简的调整与整理问题，研究者多有争论。我们认为：《天问》原本有序；《天问》在流传过程中发生部分错简；《天问》错简可以得到调整。

关于《天问》的结构与分段，因为对错简的不同理解造成了研究对象的不一，不易评价各家得失，但古今学者对该篇的整体认识还是大体一致的。李陈玉《楚辞笺注》："《天问》当分作三大段，自'曰遂古之初'起，至'曜灵安藏'止，为上段，共四十四句，是问天上事许多不可解处。自'不任汩鸿'至'乌焉解羽'止，共六十八句为中一段，是问地上事许多不可解处。自'禹之力献功'起，至末'忠名弥彰'止，共二百六十一句为后一段，是问人间事许多不可解处。"我们暂且从之。本篇今译部分采用董楚平译，个别地方作了调整。

天　问

原文	今译
曰遂古之初，	请问那远古的初态，
谁传道之？[1]	是谁传告给后代？
上下未形，	天地还没有形成，
何由考之？	凭什么考证出来？
冥昭瞢暗，	黑沉沉日夜未分，
谁能极之？[2]	谁能了解个穷尽？
冯翼惟像，	无形而运动的大气，
何以识之？[3]	要怎样才能辨认？
明明暗暗，	昼与夜终于分明，
惟时何为？[4]	这又是怎样的过程？

阴阳三合，　　　　　　阴气与阳气渗合变化，
何本何化？[5]　　　　　哪是本原哪又是化生？
圜则九重，　　　　　　浑圆的天盖共有九层，
孰营度之？[6]　　　　　谁绕着天边度量尺寸，
惟兹何功，　　　　　　这工程多么巨大，
孰初作之？[7]　　　　　当初造它的又是何人？
斡维焉系，　　　　　　斗柄和绳子怎么缚系？
天极焉加？[8]　　　　　天盖的脊梁怎样架起？
八柱何当，　　　　　　八根柱子又怎样支撑？
东南何亏？[9]　　　　　东南的地势为什么偏低？
九天之际，　　　　　　天体的九野之间，
安放安属？[10]　　　　 怎么样衔接相连？
隅隈多有，　　　　　　曲折的角隅有很多，
谁知其数？[11]　　　　 其数字谁能计算？
天何所沓？　　　　　　天与地在哪里会合？
十二焉分？[12]　　　　 十二辰时怎样划分？
日月安属？　　　　　　日月怎样安装？
列星安陈？[13]　　　　 星星又怎样铺陈？
出自汤谷，　　　　　　太阳出发于旸谷，
次于蒙汜。[14]　　　　 到蒙水河边栖宿。
自明及晦，　　　　　　从天亮直到黄昏，
所行几里？　　　　　　走了多少里路？

夜光何德，	月亮得到了什么神术，
死则又育？[15]	每个月都能够死而复苏？
厥利维何，	究竟有什么好处啊，
而顾菟在腹？[16]	肚子里养一只蟾蜍？
女歧无合，	女歧还未曾婚配，
夫焉取九子？[17]	怎么有九个小孩？
伯强何处？	伯强他住在何处？
惠气安在？[18]	寒风从哪里吹来？
何阖而晦？	什么天门一关天就暗？
何开而明？[19]	什么天门一开天就亮？
角宿未旦，	天门未开的时候，
曜灵安藏？[20]	太阳在何处躲藏？

◎ 女歧九子
——（明末清初）萧云从《离骚图》

◎ 伯强
——（明末清初）萧云从《离骚图》

注释：

［1］遂：通"邃"。遂古即远古。［2］冥：昏暗。昭：明亮。冥昭：指昼夜。瞢（méng）：目不明。暗：光线暗。［3］冯：通"凭"，满。冯翼：云气满盛的样子。［4］明明暗暗：指日月星辰混沌初开时分明的样子。时：同"是"，此。［5］阴阳三合：指阴、阳和大自然的统一。三：同"参"。本：根源。化：派生，化生。［6］圜：同"圆"，天。营：经营、管理。度：规划。［7］兹：此，指天有九重。［8］斡维：天体旋转时转动着的绳索。天极：天体中央的最高处。加：置放。［9］八柱：古代传说地面上有八根通天地的大柱子，是支撑天空的"天柱"，也是支撑地面的"地柱"。何当：在何处安放。亏：缺。［10］九天：天分东、西、南、北、东南、西南、西北、东北、中央。际：间，指九天之间。属：连接。［11］隅：角落。隈（wēi）：深曲之处。［12］杳：会合。十二：古时天文学用"十二"计数的有太岁纪年等。［13］属：依附。［14］谷：两山之间的水流。汤（yáng）谷：即旸谷，传说中日出的地方。次：停宿。蒙：即"濛"。古人认为日落在西方濛昧的大海里，故把日落之海叫做"濛水"。汜：水边。［15］夜光：月亮。德：通"得"。则：而。育：生。［16］顾：明眸善视。菟：同"兔"，指雄兔。［17］女歧：天上的神女，无丈夫而生了九子，又称九子母。无合：未曾婚配。［18］伯强：北方风神禺强，生厉风伤人。

惠气：祥和之气。[19]阖（hé）：关门。[20]角宿：属东方星，为东方七宿（角、亢、氐、房、心、尾、箕）之首。旦：明。曜（yào）灵：太阳。

　　《天问》所问，首先围绕"天文"立论，尽管当时天文科学尚属幼稚，却深为学者所重视，《庄子》《墨子》《孟子》《公孙龙子》等诸子著作，多有论述。约比屈原晚出300年的古罗马诗人卢克莱修也写过长篇哲理诗《物性论》，内容亦广涉宇宙万物的构成与变化。

　　"曰"字领起，颇出人意表。这里优美、幻想、神秘的神话，透露出上古人们对天文的思考与解释。酷爱神话的诗人不仅为后代保存了大量的神话资料，而且对神话提出了一系列发人深省的问题，自觉超越了神话时代的局限。天地尚未形成，考察根据何在？种种开天辟地的事情是由谁传下来的？这无异于公开宣布，天地尚未形成之时，根本就没有人类！这深刻新奇而又趣味盎然的开头，使读者不知不觉跟着诗人一步一步地探索宇宙的无穷奥秘。接下来，就光、空气的起源发问，就天地的构成发问，一口气对天有九重、四维、八柱、九天等说法表示怀疑。接着，再对日月星辰发问，这里更具神话色彩，对神奇而又矛盾的神话诠释予以反省与否定。

　　把宇宙的形成归功于神秘的超自然力量，本是人类幼年时代的愚昧思想。随着社会生产力的发展，人们对之逐渐怀疑是极其自然的。屈原对此肯定有思考，关键他对天地、自然、宇宙星辰的思考，又是通过诘问的句式、语气连珠炮似地喷涌而出，既能击中要害，抓准源头，一针见血，又具有恢宏的气势、开阔的气象、瑰丽的色彩，痛快淋漓，所向披靡。传统的宇宙说本是那么威严、理所当然，而在屈原的笔下竟显得如此自相矛盾，苍白无力，自欺欺人，不堪一击。这是何等的威势与力量：正本清源，兜底翻卷，似狂风骤雨，摧枯拉朽。怪不得有人要说，《天问》的思想压倒形象，哲学价值超过美学价值。其实，这二者是统一的，那敏锐、深邃的探索，富于理性的批判精神，正是通过愤切悲怆之情表现出来，从而形成了一问到底的发愤抒情的奇特形式。

是的，这诗人的气质与哲人的眼光所构成的奇妙世界，特别容易引发人们在一问到底的基础上继续寻求，探个究竟。显然，宇宙的奥秘是无穷无尽的，一代一代执着不懈的探索使人类已经逐步得到了一些答案。在这里，我们更不能忘记古贤先哲早就为我们确立的批判起点！

原文	今译
不任汩鸿，	鲧治洪水不成功，
师何以尚之？[1]	大家为什么推举他去治水？
佥曰何忧，	都说何必担忧，
何不课而行之？[2]	怎不先试后用？

鸱龟曳衔，	那鸱龟一个个牵引相衔，
鲧何听焉？[3]	鲧为何就听任它们去办？
顺欲成功，	不过总还想治平洪水，
帝何刑焉？[4]	尧帝为什么判他死刑？
永遏在羽山，	尸体长久地抛弃在羽山，
夫何三年不施？[5]	怎能过三年还不腐烂？
伯禹愎鲧，	肚子里还孕出个大禹，
夫何以变化？[6]	怎会有这样的变幻？
纂就前绪，	大禹承遗志继续治水，
遂成考功。[7]	结果代亡父取得成功。
何续初继业，	为什么做的是相同的工作，
而厥谋不同？[8]	父子俩采取的方法不同？
洪泉极深，	洪水的渊源深得没底，
何以窴之？[9]	填塞它要花多少力气？
地方九则，	广漠的大地共有九州，
何以坟之？[10]	鲧能有多少息壤筑堤？
应龙何画？	应龙怎样帮着用尾巴划地？
河海何历？	江河流经哪些地方？
鲧何所营？	鲧经营了哪些事情？
禹何所成？[11]	禹成就了哪些事情？
康回冯怒，	共工氏一怒之下，
墬何故以东南倾？[12]	大地怎就向东南倾斜？

九州安错? 九个大州怎安排?
川谷何洿?[13] 河道深谷谁犁开?
东流不溢, 水流入海海不满,
孰知其故?[14] 谁能讲出道理来?
东西南北, 大地纵横宽又广,
其修孰多? 东西南北哪个长?
南北顺椭, 若说南北成椭圆,
其衍几何?[15] 它比东西多几丈?
昆仑县圃, 昆仑山上有悬圃,
其尻安在?[16] 它的根基在何处?
增城九重, 还有增城共九重,
其高几里?[17] 有谁知道它高度?
四方之门, 昆仑山门设四方,
其谁从焉?[18] 什么人出入来往?
西北辟启, 西北方门儿常开,
何气通焉?[19] 什么风流动通畅?
日安不到? 什么地方阳光射不到?
烛龙何照?[20] 烛龙怎么样睁目而照?
羲和之未扬, 太阳的车夫还没有扬鞭,
若华何光?[21] 若木的花怎么也有光耀?
何所冬暖? 什么地方冬天温暖?
何所夏寒? 什么地方夏天严寒?

焉有石林？	什么地方石树成林？
何兽能言？[22]	什么野兽能讲人言？
焉有虬龙，	哪里的无角龙，
负熊以游？[23]	背着大熊游泳？
雄虺九首，	哪里的雄蛇九个头，
儵忽焉在？[24]	闪电也似匆匆奔走？
何所不死？	哪里的人不死永寿？
长人何守？[25]	那巨人把什么看守？
靡蓱九衢，	哪里的萍草九个杈，

◎ 石林兽言
——（明末清初）萧云从《离骚图》

◎ 虬龙负熊
——（明末清初）萧云从《离骚图》

叁 惊采绝艳——《楚辞》的主要内容

◎ 长人臬华
——（明末清初）萧云从《离骚图》

◎ 巴蛇吞象
——（明末清初）萧云从《离骚图》

臬华安居？[26]　　　　　开着神麻一样的花？
一蛇吞象，　　　　　　巴蛇把象一口吞下，
厥大何如？[27]　　　　　它的身子该有多大？
黑水玄趾，　　　　　　黑水能染黑脚趾，
三危安在？[28]　　　　　三危在哪个位置？
延年不死，　　　　　　那边的人长生不死，
寿何所止？[29]　　　　　究竟要活到何时？
鲮鱼何所？　　　　　　哪里的鲮鱼人面鱼体？
鬿堆焉处？[30]　　　　　哪里的大雀形状如鸡？

羿焉彃日？　　　　　后羿怎么样射下九日？
乌焉解羽？[31]　　　金乌的羽毛散落在哪里？

注释：

[1]任：胜任。汩（gǔ）：治水。鸿：通"洪"，洪水。师：众人。尚：推举。[2]佥（qiān）：皆，指众人。课：试。行：使用。[3]鸱（chī）：猫头鹰。鸱龟：叫声如猫头鹰的神龟。曳（yè）：牵引。鸱龟曳衔：指鲧用鸱龟相互牵引的形状筑堤。[4]帝：帝尧。刑：刑罚。[5]永：长。遏：拘禁。[6]伯禹：大禹。[7]纂：通"缵"。纂就：继续达成。绪：事业。[8]谋：治水方式。[9]寘：同"填"。[10]坟：划分。[11]营：通"萦"，惑乱。[12]康回：水神共工的名字。冯怒：大怒。墜（dì）：同"地"。[13]九州：禹治洪水后，将中国划分为九州。错：通"措"，安置。洿（wū）：挖掘。[14]东流：百川东流。溢：满。[15]顺椭：狭而长。衍：多余。[16]尻（kāo）：为古代"居"字，蹲坐，引申为根基、基础。[17]增城：古代神话中的地名，在昆仑山上。[18]四方之门：昆仑山上四面八方都有门，有风由此进入。[19]西北：西北的门。辟：开。气：风。[20]烛龙：烛阳，神话中人物。《山海经》："钟山之神，名曰烛阳，视为昼，赤色。"[21]扬：扬鞭。若华：若木的花。[22]石林：石头树林。[23]负：背着，载负。[24]虺

(huǐ)：神话中南方的毒蛇。儵（shū）忽：即"倏忽"，往来极快的样子。[25]不死：不死之国。《山海经》："不死民在交胫国东，其人黑色，寿，不死。"长人：巨人，防风氏。[26]苹（píng）：同"萍"。靡苹：蔓生的萍草。九衢：指萍草有九个分枝。枲（xǐ）：大麻。[27]蛇：南海的巴蛇。《山海经》："食象，三岁出其骨。"[28]黑水：神话中的水名。玄趾：神话中的山名。[29]延年：指黑水和三危寿命延长不死。《穆天子传》："黑水之阿，爰有木禾，食者得上寿。"[30]鲮（líng）鱼：即"陵鱼"，鱼名，人面人手鱼身。堆：通"隹"，鸟。鬿（qí）堆：即"鬿雀"，一种大雀。[31]彃（bì）：射。解羽：羽毛脱落。

《天问》发问的内容，从"天上"之事，转到"地上"之事，从宇宙天体的索究转到神话传说原貌的追寻。

世界上许多民族的创世神话里都有洪水故事，我国也不例外。在屈原的眼中，洪水故事只是开天辟地神话中的"辟地"部分，所以他闭口不提尧、舜，只是称"帝"。问地上之事，从人开始，因为人终究应该成为地上的主宰。而对原始人来说，经常的、大规模的、难以抵御的灾害，大概无过于洪水了。因而问地上之事，又从治水开始。

在洪水困扰的可怖的自然力面前和在无数复杂的现实矛盾的变化之中，先民们头脑中必然会产生一种幼稚的、主观幻想的折射,从而形成了种种浪漫的神话。我国的洪水神话是围绕鲧、禹治水的方法、结果而展开的,所以屈原的发问仅是就鲧、禹的遭遇和评判而言。

先问鲧。关于天帝与群神共商治水之事,《尧典》有生动的记载,屈原就从此问起,既然是天帝认为不堪治水之人,众神为什么一致推崇他?大家都说,不用担心,应该让他试试。然而这样一个深孚众望的治水英雄,最后竟获罪致夭,原因是他的治水方略有误。鸱龟牵引衔接,宛委盘错,使鲧受了启发,依照鸱龟形而因之为堤,《山海经·海内经》载:"洪水滔天,鲧窃帝之息壤以湮洪水,不待帝命。帝令祝融杀鲧于羽郊。"《尚书·洪范》也说鲧用土堙筑堤之法治水。原来,我们的先民在洪水泛滥之时,并没有乘方舟而去,而是迁上高陵,一住经年。每当洪水包围高山并威胁着山陵的时候,就挖高山之土以填临水低湿处,此法亦为后来禹治水所用。《淮南子·地形篇》曰:"禹乃以息土填洪水,以为名山。"这是先民与洪水搏斗中一个历史过程的反映。伯鲧顺从众望而图谋成就治水之功,却受到帝制重刑,原因有二:一是"窃帝之息壤"以犯上;二是"九载绩用弗成"(《尧典》),治洪九年,效果不佳,所以献出了自己的生命,这位东方的普罗米修斯,虽被杀害,尸身久弃于羽山,竟然"三年不腐,副(剖)之以吴刀,是用出禹"(《初学记》)。如此奇妙的变幻,凤凰涅槃似的再生,曲折反映了我们祖先坚持一代一代同自然斗争的顽强精神，前赴后继，不屈不挠。

次问禹。禹之成功是"纂就前绪"，继承了父亲未竟的事业，而且以前车之鉴改变了治水方略。禹之治水，起初用的"堙"法填土，但洪水的源泉极深，根本无法填平。后得应龙"画地成河"之助，改为开通河道，排除积水。《国语·周语》："伯禹念前之非度，厘改制量，疏川导滞。"从此，禹成了中国历史和史诗中的明星，数千年来，他在文学艺术作品中一直是个光辉而伟大的形象，有许多关于他的传说、乃至于附会的遗迹和故事。屈原早在那时就为鲧抱不平，"鲧何所营？禹何所成？"若没有鲧，禹从何出？没有鲧打下的基础和丰富实践经验的积累，又怎么会有禹的治水成功？

综上可见，首先，屈原问鲧，侧重于鲧的功勋与不幸；屈原问禹，侧重于禹的继承与借鉴。这说明屈原丝毫没有把洪水当作上天为了惩罚人类而降的灾祸，而是把治水看作人与自然的斗争。人类逐渐走向文明，只是大冰川结束后这一万年以内的事情，而要大规模征服自然，目前还只是开头，在古代则只能是神话而已。这样一个道理，现在我们当然看得清清楚楚的了，但生活在两千年以前的屈原，能坚持唯物立场，不为旧时的成见所囿，则是难能可贵的。其次，屈原力图公正客观地评价鲧，鲧既不是"四凶"，也不是恶魔，而是一个颇得人心、忠于众托的人，一个尽心尽职、兢兢业业的人，一个善动脑筋、举一反三的人，一个死不瞑目、涅槃再生的人。而禹只不过"续初继业","纂就前绪",才"遂成考功"。更何况禹还是鲧新生的化身。最后,屈原所昭示的"鸱龟曳衔"(堙、填)与"应龙何画"(疏、导)两种治水方略,完全符合"不止不行,不塞不流"的辩证关系,体现了"青出于蓝"的不断进步的思想,这是人们在与大自然的斗争中代代绵延、逐步认识、不断征服的形象描述。我们不得不惊叹先民的伟大与执着,直到今天,"湮"与"导"仍是治水工程中的两种相互调剂的重要手段。

自"康回冯怒"至"乌焉解羽"问地理及自然神话传说(问地理及地形、昆仑及其周边地区、四方之事、上古自然传说)。这里我们可以看到屈原对地理风物的思考,其中许多追问是有着神话传说的外壳,其实内里是饱含科学素质的探求因子。

原文	今译
禹之力献功,	禹为治水而出力献身,
降省下土四方。[1]	从天降临去考察水文。
焉得彼涂山女,	怎会找到涂山氏之女,
而通之于台桑?[2]	在桑林里与她通淫?
闵妃匹合,	应该是伉俪恩爱,
厥身是继。[3]	生后嗣传宗接代。
胡维嗜不同味,	为什么同床异梦,

而快鼌饱？[4]	只贪图一时欢快？
启代益作后，	夏启取代伯益，
卒然离蠥。[5]	突然遭到攻击。
何启惟忧，	为什么启当初落难，
而能拘是达？[6]	能够从监狱中逃离？
皆归射鞠，	敌军纷纷缴械，
而无害厥躬。[7]	自身没受伤害。
何后益作革，	为什么伯益失败，
而禹播降？[8]	而繁昌禹的后代？
启棘宾商，	启屡次送美女上天朝见，
《九辩》《九歌》。[9]	得到了天乐《九辩》《九歌》。
何勤子屠母，	天帝为什么厚子而薄母，
而死分竟地？[10]	竟使她变石头裂为碎片？
帝降夷羿，	天帝派后羿来到尘寰，
革孽夏民。[11]	为的是替夏民去灾除患。
胡射夫河伯，	他为何射瞎那河伯，
而妻彼雒嫔？[12]	把他的洛神霸占？
冯珧利决，	雕弓引满，扳指一放，
封豨是射。[13]	巨大的野猪应声而亡。
何献蒸肉之膏，	为什么献祭肥美的猪肉，
而后帝不若？[14]	天帝也不领情赏光？
浞娶纯狐，	寒浞勾引后羿的妃子，

◎ 羿射河伯，妻彼雒嫔。
——（明末清初）萧云从《离骚图》

眩妻爰谋。[15]	那淫妇布下杀夫的罗网。
何羿之射革，	后羿能射穿七层皮革，
而交吞揆之？[16]	怎会遭暗算烹成肉汤？
阻穷西征，	鲧死在羽山不准西向回国，
岩何越焉？[17]	巉岩重重，他哪能超越而过？
化为黄熊，	化为羽渊里的三足神鳖，
巫何活焉？[18]	巫怎能使他死而复活？
咸播秬黍，	鲧曾为使黑黍播满大地，
莆雚是营。[19]	清除水草，经营管理。
何由并投，	有什么理由把他摒弃啊，

而鯀疾修盈？[20]	使他常背着一身坏名气？
白蜺婴茀，	霓裳羽衣，珠光宝气，
胡为此堂？[21]	嫦娥何必打扮得这样华丽？
安得夫良药，	她从哪里得到了仙药，
不能固臧？[22]	怎么仍然不能把自己隐蔽？
天式从横，	自然的法则矛盾交替，
阳离爰死。[23]	阳气一离开，生命就停息。
大鸟何鸣，	太阳里的金乌多么肥大，
夫焉丧厥体？[24]	为什么也会被后羿射毙？
蓱号起雨，	雨师屏翳一声呼号，

◎ 岩越黄熊，鯀疾修盈。
——（明末清初）萧云从《离骚图》

◎ 白蜺婴茀，天式从横。
——（明末清初）萧云从《离骚图》

何以兴之？[25]	为什么就大雨泼瓢？
撰体协胁，	那鸟鹿合体的风神，
鹿何膺之？[26]	为什么也跟着飞跑？
鳌戴山抃，	巨鳌顶着山舞蹈，
何以安之？[27]	那神山怎么不会翻倒？
释舟陵行，	巨人不坐船在陆地垂钓，
何之迁之？[28]	怎能使二神山向北浮漂？
惟浇在户，	浇到嫂嫂的房门口，
何求于嫂？[29]	对嫂嫂提什么要求？
何少康逐犬，	为什么少康赶狗出猎，
而颠陨厥首？[30]	这家伙就被浇砍掉了头？
女歧缝裳，	女歧替浇缝衣裳，
而馆同爰止。[31]	两个人睡在一床。
何颠易厥首，	怎么会杀错脑袋，
而亲以逢殆？[32]	为亲近遭到灾殃？
汤谋易旅，	少康谋划整顿他的部下，
何以厚之？[33]	他怎么使部队力量壮大？
覆舟斟寻，	覆灭斟寻的战船，
何道取之？[34]	又是从何处入手？
桀伐蒙山，	夏桀把蒙山攻下，
何所得焉？[35]	得到哪两位女子？
妹嬉何肆，	妹嬉怎么样放肆？

汤何殛焉?[36]	成汤怎么样灭夏?
舜闵在家,	虞舜在家里蹙眉忧闷,
父何以鳏?[37]	他父亲怎么不给他成婚?
尧不姚告,	尧事先没有告诉姚家,
二女何亲?[38]	两个女儿怎么就嫁给了虞舜?
厥萌在初,	纣王的贪欲初露征兆,
何所亿焉?[39]	那后果箕子怎会料到?
璜台十成,	美玉砌成的十层楼台,
谁所极焉?[40]	是谁最后把它造好?
登立为帝,	女娲氏登位称帝,
孰道尚之?[41]	谁开始推崇称道?
女娲有体,	一天形体七十变,
孰制匠之?[42]	她的身体又是谁造?
舜服厥弟,	虞舜一再地顺从弟弟,
终然为害。[43]	象对他还是陷害不止。
何肆犬体,	为什么这样的狼心狗肺,
而厥身不危败?[44]	到头来也没有遭到诛杀?
吴获迄古,	吴国获得了久远的国运,
南岳是止。[45]	拓土开疆到南岳的山根。
孰期去斯,	这一切事先谁能够料到,
得两男子?[46]	因为得到两位大贤人才?
缘鹄饰玉,	雕鹄嵌玉的祭器,

后帝是飨。[47]	隆重地供奉天帝。
何承谋夏桀，	为什么传位到夏桀，
终以灭丧？[48]	就断了王朝世系？
帝乃降观，	天帝下天来了解民意，
下逢伊挚。[49]	碰到伊尹就授以天机。
何条放致罚，	为什么从鸣条放逐夏桀，
而黎服大说？[50]	老百姓个个都欢天喜地？
简狄在台，	简狄深居在九层瑶台，
喾何宜？[51]	帝喾怎知道而来求爱？

◎ 舜害不危
——（明末清初）萧云从《离骚图》

◎ 缘鹄饬帝，降观罚黎。
——（明末清初）萧云从《离骚图》

叁 惊采绝艳——《楚辞》的主要内容 · 117

◎ 玄鸟贻喜
——（明末清初）萧云从《离骚图》

◎ 该秉季德
——（明末清初）萧云从《离骚图》

玄鸟致贻，
女何喜？[52]
该秉季德，
厥父是臧。[53]
胡终弊于有扈，
牧夫牛羊？[54]
干协时舞，
何以怀之？[55]
平胁曼肤，
何以肥之？[56]

燕子给简狄送了蛋来，
简狄一吞下怎就怀胎？
王亥既然保持父亲的贤良，
以季作为自己的榜样。
为什么最后死在有易，
当他在那里放牧牛羊？
王亥在有易执盾舞蹈，
凭什么使人思慕倾倒？
胸膛丰满，皮肤发亮，
他怎么这样壮实美好？

有扈牧竖,　　　　　　有易那个放牧的童仆,
云何而逢?[57]　　　　 丑事怎么会被他看到?
击床先出,　　　　　　床上击杀奸夫抢先跑掉,
其命何从?[58]　　　　 是谁命令他下这一刀?
恒秉季德,　　　　　　王恒也秉承先父的操守,
焉得夫朴牛?[59]　　　 可哪里能索回那些大牛?
何往营班禄,　　　　　何必到有易去颁爵讨好,
不但还来?[60]　　　　 弄得一去就不得回头?
昏微遵迹,　　　　　　上甲微把父业继承,
有狄不宁。[61]　　　　有易人就不得安宁。
何繁鸟萃棘,　　　　　为何众鸟集于树丛,
负子肆情?[62]　　　　 他背着儿子与媳妇偷情?

◎ 秉德得牛,往营班禄。
——(明末清初)萧云从《离骚图》

◎ 繁鸟萃棘
——(明末清初)萧云从《离骚图》

叁 惊采绝艳——《楚辞》的主要内容 · 119

眩弟并淫,　　　　　　象糊涂而又淫乱,
危害厥兄。[63]　　　　陷害自己的兄长。
何变化以作诈,　　　　为什么诡计多端,
而后嗣逢长?[64]　　　却能够子孙满堂?
成汤东巡,　　　　　　成汤到东方巡视,
有莘爰极。[65]　　　　直到有莘国为止。
何乞彼小臣,　　　　　为什么想要那小臣,
而吉妃是得?[66]　　　却得到个美丽的妃子?
水滨之木,　　　　　　桑树长在伊水之滨,
得彼小子。[67]　　　　树洞中得到那个弃婴。
夫何恶之,　　　　　　有莘氏为什么鄙视他,
媵有莘之妇?[68]　　　把他当女儿的陪嫁品?
汤出重泉,　　　　　　成汤囚禁在重泉,
夫何罪尤?[69]　　　　哪里有什么罪愆?
不胜心伐帝,　　　　　他从不向天帝称功,
夫谁使挑之?[70]　　　谁挑起他灭夏之念?
会朝争盟,　　　　　　甲子的早晨在牧野誓师,
何践吾期?[71]　　　　诸侯们何以都按时而至?
苍鸟群飞,　　　　　　好似那群鹰合群而飞,
孰使萃之?[72]　　　　是谁使他们团结一致?
到击纣躬,　　　　　　猛击纣王的尸体,
叔旦不嘉。[73]　　　　周公可并不赞许。

何亲揆发足，	他何以猜到武王的本意，
周之命以咨嗟？[74]	平定天下用怀柔之计？
授殷天下，	天帝把天下给了殷人，
其位安施？[75]	这王位是根据什么授予？
反成乃亡，	使它成功了又使它灭亡，
其罪伊何？[76]	这都是由于什么罪过？
争遣伐器，	诸侯争先恐后地举起武器，
何以行之？[77]	怎样调遣行军的部队？
并驱击翼，	齐头并进，夹攻两翼，
何以将之？[78]	是哪位将领的英明指挥？
昭后成游，	周昭王出外巡游，
南土爰底。[79]	直游到南方各地。
厥利惟何，	到底有什么好处啊，
逢彼白雉？[80]	去索取白色的野鸡？
穆王巧梅，	周穆王善于驾马，
夫何为周流？[81]	为什么周游天下？
环理天下，	环行了东西南北，
夫何索求？	他还想贪求些啥？
妖夫曳衒，	怪夫妇一搭一档，
何号于市？[82]	在市场叫卖什么名堂？
周幽谁诛？	周幽王讨伐何人？
焉得夫褒姒？[83]	怎么得来褒姒这祸殃？

◎ 穆王环理
——(明末清初)萧云从《离骚图》

◎ 齐桓身杀
——(明末清初)萧云从《离骚图》

天命反侧,	老天爷反复无常,
何罚何佑?[84]	有什么一定的罚赏?
齐桓九会,	齐桓公九会诸侯,
卒然身杀。[85]	到头来凄然身亡。
彼王纣之躬,	纣王这个独夫,
孰使乱惑?[86]	是谁使他糊涂?
何恶辅弼,	为什么厌恶忠良,
谗谄是服?[87]	任用谗谄之徒?
比干何逆,	比干怎样进逆耳忠言,

而抑沈之？[88]	纣要剖开他的心来验看？
雷开何顺，	雷开怎么样逢迎拍马，
而赐封之？[89]	纣竟赐给他厚禄高官？
何圣人之一德，	圣人何以美德相仿，
卒其异方？[90]	而结果却并不一样？
梅伯受醢，	梅伯被剁成肉酱，
箕子详狂？[91]	而箕子却披发装狂。
稷维元子，	稷是帝喾的第一个儿子，
帝何竺之？[92]	为什么被帝喾恨得这么厉害？
投之于冰上，	把他抛在寒冰上面，
鸟何燠之？[93]	大鸟为什么把温暖送来？
何冯弓扶矢，	他怎么样弯弓射箭，

◎ 箕狂梅醢
——（明末清初）萧云从《离骚图》

殊能将之？[94]	才干特异能任将帅？
既惊帝切激，	天帝受到激烈震动，
何逢长之？[95]	又怎样让他长大成材？
伯昌号衰，	当衰世西伯昌发出号令，
秉鞭作牧。[96]	为国事亲执鞭不避苦辛。
何令彻彼岐社，	怎令他在西岐成周兴起，
命有殷国？[97]	代殷朝得天下承受天命？
迁藏就岐，	搬出宝藏前往岐山，
何能依？[98]	老百姓要找什么靠山？
殷有惑妇，	殷王被妲己惑乱，
何所讥？[99]	人们对什么发出讥讪？
受赐兹醢，	纣赐文王喝亲儿做成的肉汤，
西伯上告。[100]	文王向天帝控告凶顽。
何亲就上帝罚，	为什么要自招天罚啊，
殷之命以不救？[101]	殷朝的命运无法可挽？
师望在肆，	吕望还在开店经营，
昌何识？[102]	文王怎么就看出异禀？
鼓刀扬声，	敲刀叫卖的声音，
后何喜？[103]	文王听了为什么开心？
武发杀殷，	武王伐纣的时候，
何所悒？[104]	为什么那么愤激？
载尸集战，	载着文王灵牌去会战，

何所急？[105]	为什么这样心急？
伯林雉经，	纣王吊死在柏树之林，
维其何故？[106]	究竟是为了什么原因？
何感天抑墜，	为什么他要顿地骂天，
夫谁畏惧？	谁还会有怕他之心。
皇天集命，	老天爷让君王登极，
惟何戒之？[107]	是怎样示以儆戒之意？
受礼天下，	纣王既统理天下，
又使至代之？[108]	怎么又被周人取代。

◎ 伯林雉经
——（明末清初）萧云从《离骚图》

◎ 集命承辅
——（明末清初）萧云从《离骚图》

初汤臣挚, 当初汤选用了伊尹,
后兹承辅。[109] 后来他当上了国相。
何卒官汤, 死了怎又追配成汤,
尊食宗绪?[110] 享受起王宗的祀飨?
勋阖梦生, 寿梦的长孙阖闾屡建功勋,
少离散亡。[111] 年轻时却遭到流浪的命运。
何壮武厉, 为什么长大以后勇猛非凡,
能流厥严?[112] 成为威名远扬的显赫国君?
彭铿斟雉, 彭铿善烹野鸡汤,
帝何飨?[113] 天帝为何把它尝?
受寿永多, 给他的寿命这么长,

◎ 勋阖壮武
——(明末清初)萧云从《离骚图》

◎ 彭铿斟雉,飨帝寿长。
——(明末清初)萧云从《离骚图》

夫何久长？[114]	怎还嫌短心惆怅？
中央共牧，	大家到中央州放牧，
后何怒？[115]	周厉王为什么暴怒？
蜂蛾微命，	老百姓群起拼命，
力何固？[116]	这力量怎么可拦阻？
惊女采薇，	妇女提醒采的是周薇，
鹿何佑？[117]	白鹿为什么又来饲喂？
北至回水，	向北来到水流回环处，
萃何喜？[118]	兄弟相聚为什么欣慰？
兄有噬犬，	秦景公有一头猛狗，
弟何欲？[119]	其弟为什么想弄到手？
易之以百两，	拿一百辆车去交换，

◎ 共牧，微命。
——（明末清初）萧云从《离骚图》

◎ 惊女
——（明末清初）萧云从《离骚图》

卒无禄?[120]	结果连爵禄也不能保留。
薄暮雷电,	黄昏时电闪雷响,
归何忧?[121]	回家去何必心慌?
厥严不奉,	不保持做人的尊严,
帝何求?[122]	求天帝有什么用场?
伏匿穴处,	我即使蛰居山中,
爰何云?[123]	有什么叹息哀伤?
荆勋作师,	楚国如大举用兵,
夫何长?[124]	国运又怎能久长?
悟过改更,	只要你悔改前非,

◎ 环间穿社,爰出子文。
——(明末清初)萧云从《离骚图》

我又何言?	我还有什么话讲?
吴光争国,	别忘了与吴光交战,
久余是胜。[125]	咱吃过许多败仗。
何环穿自闾社丘陵,	怎样绕过闾门穿出村,
爰出子文?[126]	私生出来一个子文?
吾告堵敖	子文曾胡言乱讲,
以不长。[127]	说堵敖天命不长。
何试上自予,	为什么弑上自立,
忠名弥彰?[128]	竟然能忠名远扬?

注释:

[1]省(xǐng):查看、巡视。[2]鲞(tú)山:即"涂山",地名。通:私通。台桑:地名。[3]闵:同"悯",怜惜。闵妃:指涂山女。匹合:结合,婚配。[4]鼌(zhāo):即"朝",此指快、急切地。[5]启:禹子。益:伯益,禹的大臣。禹禅让给益,启不服,攻打益,胜而夺取王位。后,君主。离:遭受。孽(niè):灾难。[6]惟:当作"雁",遭遇。达:从狱中逃脱并兴师伐益。[7]射:弓箭。鞠:疑是"箙"字之误,是用竹木或兽皮等物做成的盛箭器。厥躬:指启。[8]作:通"祚",王位。作革:即"祚革",指王位被取代。播降:喻子嗣兴旺。[9]棘:急忙。宾:古礼,作动词,朝见。商:为"帝",指天帝。[10]勤子:即贤子,指夏启。

死:通"尸",尸体。[11]革:解除。孽:忧患。[12]河伯:黄河之神。妻:娶。雒(luò):同"洛"。雒嫔:洛水的水神,河伯之妻,称为"宓妃"。[13]冯:通"凭",此指将弓拉满。珧(yáo):蚌、蛤的甲壳,古代多用在刀、弓等器物上作装饰物。决:扳指。封:大。豨(xī):野猪。[14]蒸:即"烝",冬祭。膏:肥肉。后帝:天帝。若:顺从。[15]浞(zhuó):寒浞。纯狐、眩妻:皆羿的妻子,即洛嫔。爰:于是。[16]射革:射穿皮革。揆(kuí):吞。交吞揆:指浞与后羿妻子交相为用,而吞灭后羿。[17]阻穷:禁绝。西征:向西挺进,鲧被尧放逐羽山之野,因羽山在东裔,而西行地形险峻,所以被永遏在此,不容西行。岩:险阻。[18]黄熊:鲧化为黄熊。[19]咸:全,都。秬黍:黑色的黍米。莆:通"蒲",蒲草。藋(huán):通"萑",芦苇类植物。营:通"耕",指除草。[20]何由并投:指为何用禹而弃鲧之功绩。投:摒弃。疾:恶名。[21]蜺:通"霓",月亮中的霓裳羽衣。婴:颈部的装饰物。莆(fú):头部的装饰物。堂:指月宫。[22]良药:仙药。臧:通"藏"。[23]天式:自然的法式、法则。从:即"纵"。爰:于是。[24]大鸟:日中之鸟。鸣:指鸟肥大。[25]蓱(píng):屏翳,神话中的雨神。号:呼叫。[26]撰:举杯。胁:腋下,代指身体。鹿:代指风神,神话中风神飞廉,鹿身、雀头。[27]鳌:大海龟。戴:背负。抃(biàn):拍手。[28]释:放置。陵:陆地。

〔29〕浇(áo)：寒浞之子，曾经杀死夏相后被夏相之子少康断头。嫂：浇的嫂子，指女歧。〔30〕逐：驱赶。颠：跌落。陨：落。〔31〕裳：下衣。馆：住宿。馆同：即"同馆"，指共同居住。止：息。〔32〕易：换。亲：亲近。逢：碰到。殆：危险。〔33〕汤：疑为"康"。旅：军队的编制单位，古时一般五百人一旅。厚：厚待。〔34〕覆：翻转。斟寻：古国名。取：获胜。〔35〕蒙山：古国名。〔36〕肆：放纵。殛(jí)：诛杀。〔37〕闵：忧愁。鳏：无妻称鳏。〔38〕姚：舜的姓，此指舜父。姚告：告姚。二女：尧的女儿，娥皇和女英。〔39〕厥萌：指纣贪念的萌生。亿：通"臆"，预料。〔40〕璜台：用玉石砌成的高台。十成：十层。〔41〕道：通"导"，引导。尚：推崇。〔42〕体：形体，指女娲。制匠：制造。〔43〕服：顺从。弟：指象。终为害：指象屡次想杀舜。〔44〕厥身：指舜。〔45〕吴获：吴太伯的名字。迄古：当为"去古"，指离开古公亶父，向南奔至吴地。南岳是止：指古公亶父时，欲立其少子季历，因此长子太伯和次子虞仲出奔荆楚，采药至南岳之地，后以此疆界建立吴国。〔46〕期：预料。去斯：当为"夫斯"，指吴国建立的这种情况。两男子：指太伯和虞仲。〔47〕缘：凭借。鹄：天鹅。缘鹄饰玉：指借助着玉鼎中盛放的天鹅肉羹去进献给汤。后帝：指汤。飨(xiǎng)：享用。〔48〕承谋夏桀：指商汤承用伊尹的计划去攻打夏桀。丧：灭亡。〔49〕帝：商汤。降观：寻访，视察民情。伊挚：即伊尹。

[50]条：鸣条，古地名。放：放逐。致罚：惩罚。黎服：黎民百姓。说：同"悦"，开心。[51]简狄：帝喾的次妃，有娀氏的女儿，嫁给帝喾，生下商族始祖契。台：九台，指有娀氏为简狄造的高台。宜：通"仪"，匹配。[52]玄鸟：燕子。贻：赠送，指卵。[53]该：通"亥"，即王亥，商代的先祖。秉：遵循，继承。季：王亥的父亲。下文的"恒"指季恒，也是季的儿子。臧：善。[54]胡：为什么。弊：通"毙"，死。有扈：当作有易，地名。[55]干：盾。协：合。时：是，此。怀：思念。[56]胁：从腋下到肋骨处。平胁：指肋骨处肌肉丰满。肤：肌肉润滑。[57]有扈：有易。竖：奴仆。牧竖：指牧童。[58]击床：指有易击杀亥一事。先出：先动手。[59]恒：王亥的弟弟王恒。朴：大。[60]营：谋求。班：通"颁"，颁发，颁布。禄：俸禄。还：返回。[61]昏微：上甲微，亥之子。遵迹：遵从祖辈事业。有狄：即有易。[62]繁鸟萃棘：同后文之"苍鸟群飞，孰使萃之"，都是比喻战场上勇士云集，耀武扬威。负子：指上甲微。肆情：纵兵作战。[63]眩弟：昏乱的弟弟，指象。[64]变化：指象数次阴谋害舜。后嗣：象的子嗣。逢长：指子孙繁衍生息。[65]有莘：古国名。有莘爰极：即"爰极有莘"，到达有莘这个地方。[66]小臣：伊尹，本为有莘国之臣。吉妃：有莘氏之女。[67]滨：水边。木：空桑之木。[68]恶：厌恶。媵（yìng）：古诸侯女出嫁时陪嫁的人。有莘之妇：有莘国国君

的女儿。[69]重泉：地名，指汤被桀囚禁的地方。尤：过错。[70]不胜心：不用心，指汤并不怀怨恨之心去伐桀。使挑：驱使挑拨。[71]会：会合。争盟：指诸侯争先恐后地与武王会合伐纣。践：依循，遵守。[72]苍鸟：苍鹰。萃：聚集。[73]躬：自身，指纣的尸体。到击纣躬：指纣上吊而死，武王在其尸体上连射三箭，用黄钺把纣的头斩下，悬挂在太白旗上。叔旦：即周公旦。嘉：赞许。[74]揆：推测揣度。发：武王名。定周之命：平定纣的天下。咨嗟：叹息。[75]施：安置。[76]反：等到。伊：句中语气词。[77]争遣：争先调遣。伐器：指兵器。[78]将：统帅。[79]昭后：昭王。成游：南征之游。南土：指楚地。底：到达。[80]利：利益。逢：迎取。白雉：野鸡。[81]巧：娴于辞令。梅：通"枚"，马鞭。周流：周游天下。[82]妖夫：妖妇与妖夫。曳：相互牵引。衒（xuàn）：沿街叫卖。[83]谁诛：诛伐谁。褒姒：周幽王的爱妻。[84]反侧：反复无常。佑：保护。[85]卒：最终。身杀：被人杀死。[86]乱惑：迷惑。[87]弼：辅佐。服：用。[88]比干：商纣王的叔父。沈：同"沉"。抑沈：埋没压制。[89]雷开：佞臣，因阿谀奉承纣王而得金玉之赏。顺：依从。[90]一德：共同的美德。卒：最终。异方：不同的方式。[91]梅伯：鄂侯。醢：古代的酷刑，把人剁成肉酱。箕子：殷商贵族，性耿直，谏纣不听，披发佯狂而被纣囚禁，后武王立周，不愿为周民而隐。详：通"佯"，假装。［92］稷：帝喾之子。元子：元妃姜嫄之子。竺（dú）：通"毒"，憎恶。［93］投：抛弃。燠（yù）：温暖。［94］冯：通"凭"，满。挟：拿着。矢：箭。殊能：特殊的才能。［95］切激："激切"，激烈。逢：通"丰"。逢长：兴盛而长久。［96］伯昌：姬昌，即周文王。号衰：在殷衰之时发号施令。秉鞭：执鞭，指执掌政权。牧：治理。［97］彻：拆除。社：土地神，此指代政权。［98］迁藏就岐：百姓搬动自己的财产迁往岐地。依：仰仗。［99］惑妇：指妲己。讥：讥刺。［100］上告：向天帝禀告。［101］亲就：纣王自身受到惩罚。［102］师望：太师吕望。肆：作坊、店铺。昌：姬昌。识：了解。［103］鼓刀：挥刀。［104］悁：愤恨。［105］尸：神像。载尸集战：载着文王的神像会战。［106］雉经：纣王自缢。［107］集命：受命，降命。戒：谨慎。［108］受礼：受天下王者之德。［109］挚：伊尹。承辅：承当辅助之臣。［110］卒：终。官汤，为商汤的官。尊食：庙食，指在汤庙用王者的礼乐来祭祀伊尹。绪：世系，前人留下来的事业。宗绪：宗族子孙。［111］勋：功业。阖：吴王阖闾。梦：吴王阖闾的祖父寿梦。生：子孙。［112］壮：大。武历：勇武猛厉。严：威严。［113］彭铿：彭祖，据传能活到八百岁的仙人。斟：本义为"羹勺"，引申为调制之义。雉：野鸡作的羹。帝：尧。飨：享用祭食。［114］永：长。长：本作"怅"，悔恨。［115］共牧：共同治理。后：指周厉王。［116］蜂蛾：一本作"蜂蚁",比喻百姓力量虽小,能将周厉王推翻。微命:微小而卑贱。[117] 惊:警示。惊女:警示伯夷、叔齐之女。薇:豌豆,能食。祐:保护、帮助。[118] 回水:首阳山下河曲之水。萃:聚集。[119] 兄:秦伯,即秦景公伯车。噬(shì):咬。弟:秦景公的弟弟针。[120] 易:交换。两:通"辆",车辆。无禄:失去爵禄。[121] 薄暮:傍晚黄昏之时。归:指屈原自归。[122] 厥严:楚国的威严。奉:保持。帝:天帝。[123] 匿:隐藏。[124] 荆勋作师:此言楚师立功。[125] 光:阖闾。[126] 环:绕过。闾社:乡村。丘陵:幽会场所。此指子文的父亲斗伯比自幼随母在郧国长大,后与郧君的女儿私通于丘陵之地,而生子文。子文:楚国贤相令尹。[127] 堵敖:即"杜敖",楚文王之子,在位五年偶为其弟所弑。不长:统治不能长久。[128] 试:通"弑",以下犯上。弥:更。彰:明显。

《天问》所问的第三类内容是"历史兴亡",就历史事件、历史人物提问。比较广泛涉及夏、商、周三代奴隶制王朝的兴亡,亦涉及齐、晋、吴、鲁、秦、楚等国的历史。每问一朝,往往是先问一朝一族的起源,然后问它取得统治的经过,再后问它末世无道之事,最后则接问新王朝的兴亡。这跟《离骚》所表现的"引征古训"的内容、态度、目的是一致的。"上称帝喾,下道齐桓,中述汤武,以刺世事。明道德之广崇,治乱之条贯,靡不毕见",《史记·屈原贾生列传》用来评述《离骚》的话,也完全适于对《天问》的理解。

《天问》主要涉及的历史事件有舜娶尧女、舜弟害舜、禹娶涂山、夏启继位、寒浞杀羿、嫦娥窃药、少康杀浇、桀伐蒙山、简狄生契、王亥秉德、有易杀亥、王恒班禄、王微昏淫、夏桀囚汤、伊尹说汤、成汤伐夏、纣王惑乱、比干遇害、雷开阿顺、梅伯葅醢、箕子佯狂、后稷降生、亶父迁岐、文王作牧、吕望鼓刀、武王伐纣、太伯奔吴、昭王南巡、穆王周游、幽王被杀、齐桓之死、吴光争国、子文出生等,涉及众多的历史人物。

林庚认为,《天问》是古代传说中的一部兴亡史诗,"以

◎ 舜闵、尧女
——(明末清初)萧云从《离骚图》

夏、商、周三代为中心",从中可见"夏王朝的历史传说"与"上古各民族争霸中原的面影"。他指出,"《天问》之所以是难得的第一手材料,则正因为它仿佛把我们带进了一个传说中渺茫的远古史的再现世界中,这乃是《山海经》等记载所不能具有的一种魅力。"

唐代大诗人李贺说:"《天问》语甚奇崛,于楚辞中可推第一,即开辟以来,亦可推第一。贺极意好之,时居南园,读数过,忽得'文章何处哭西风'之句。"闻一多也说:"此篇问尽了古今宇宙时空的最大问题,气魄之大,罕有人比。"《天问》是奇特的,屈原以无与伦比的气魄,打破了抒情艺术的常规,借问难的形式,将理性的批判寓于众多的形象之中,用无数的诘难倾泻诗人的愤懑悲痛之情,实乃奇文。

(五) 哀郢怀沙,河山空自嗟

哀 郢

原文	今译
皇天之不纯命兮,[1]	老天爷为何这样变化无常,
何百姓之震愆?[2]	百姓啊何其震惊、凄惶!
民离散而相失兮,[3]	我与君王分离、家人散失,
方仲春而东迁。[4]	正当仲春二月,被远徙东方。
去故乡而就远兮,	离别了故乡乘舟远去,

遵江夏以流亡。[5]　　将顺着长江、夏水颠簸、流亡。
出国门而轸怀兮,[6]　　刚出城门就心中伤痛,
甲之鼂吾以行。[7]　　我启程的那天,正是甲之日早上。
发郢都而去闾兮,[8]　　离开故居,从郢都出发,
怊荒忽其焉极?[9]　　我神思恍惚,去向何方?
楫齐扬以容与兮,[10]　　齐举的船桨,请慢慢地划,
哀见君而不再得。　　我伤心从今之后再也见不到君王。
望长楸而太息兮,[11]　　我遥望高高的梓树叹息,
涕淫淫其若霰。[12]　　热泪像冰珠不断地流淌。
过夏首而西浮兮,[13]　　过了夏口,我沿江西浮,

◎ 过夏首而西浮兮,顾龙门而不见。
——(清)门应兆《钦定补绘萧云从离骚全图》

顾龙门而不见。[14]	回头看龙门已一片迷茫!
心婵媛而伤怀兮,[15]	心头隐痛啊好不悲怆,
眇不知其所蹠。[16]	哪里是我立脚的地方?
顺风波以从流兮,	我顺着端流急波,
焉洋洋而为客。[17]	寄寓天地间到处飘荡!
陵阳侯之氾滥兮,[18]	冒着洪波啊迎着大浪,
忽翱翔之焉薄?[19]	像鸟儿不知向何处飞翔。
心絓结而不解兮,[20]	解不开心头的如结忧思,
思蹇产而不释。[21]	散不开郁沉沉的九曲愁肠。
将运舟而下浮兮,	且让船儿随波而下,
上洞庭而下江。[22]	上溯洞庭,下入长江。
去终古之所居兮,[23]	离开祖祖辈辈居住的地方,
今逍遥而来东。	只身一人来到东方。
羌灵魂之欲归兮,	梦萦魂牵,眷念故里,
何须臾而忘反。	哪一刻忘记过返回故乡。
背夏浦而西思兮,[24]	我背对着夏浦神思西驰,
哀故都之日远。	故都日远怎不令我哀伤!
登大坟以远望兮,[25]	登上高堤四处眺望,
聊以舒吾忧心。	姑且借以抒散心中的忧伤,
哀州土之平乐兮,[26]	我哀叹州土本是那样地富饶宽广,
	安居乐业,
悲江介之遗风。[27]	我悲悼大江两岸一去不返的古朴

	风尚！
当陵阳之焉至兮，[28]	洪波拂扬，我要走到何方？
淼南渡之焉如？[29]	渡过淼淼大江南行，我孤独地又将何往？
曾不知夏之为丘兮，[30]	为何没料到大厦会变成一片废墟？
孰两东门之可芜！[31]	岂可让两座东门荒芜凄凉？
心不怡之长久兮，	我心绪烦闷时间绵长，
忧与愁其相接。	新愁连接着心头的旧伤。
惟郢路之辽远兮，	回郢的道路多么辽远，
江与夏之不可涉。	更难渡长江夏水的滔滔波浪。
忽若去不信兮，[32]	时间飞逝真难以相信，
至今九年而不复。	在外边竟过了九个年头。
惨郁郁而不通兮，	我胸中悲愤郁塞不通，
蹇侘傺而含戚。[33]	失意伤心的人啊，眉头常皱。
外承欢之汋约兮，[34]	阿谀的小人外表柔美，
谌荏弱而难持。[35]	内心软弱却毫无操守。
忠湛湛而愿进兮，[36]	忠贞之士愿进身报国，
妒被离而鄣之。[37]	群小阻挡，总嫉之如仇。
尧舜之抗行兮，[38]	唐尧虞舜的高尚德行，
瞭杳杳而薄天。[39]	光耀万丈上薄九霄。
众谗人之嫉妒兮，	心怀嫉妒的众多谗人，
被以不慈之伪名。[40]	却诬以"不慈"，横加嘲笑。

憎愠忳之修美兮，[41]	忠贞的直言遭到厌恶，
好夫人之忼慨。[42]	慷慨高调被特别爱好。
众踥蹀而日进兮，[43]	小人奔走天天被进用，
美超远而逾迈。[44]	贤人却被逐之千里之遥。
乱曰：	乱曰：
曼余目以流观兮，[45]	我张开眼四处眺望，
冀壹反之何时？	盼望着何日是归去的时光？
鸟飞返故乡兮，	鸟飞再远也要回到故乡，
狐死必首丘。[46]	狐狸死了还要面对山岗。
信非吾罪而弃逐兮，[47]	我实在是无罪遭到放逐的啊，
何日夜而忘之！	哪一天、哪一夜能把故都遗忘！

注释：

[1] 不纯命：天命失常。[2] 震愆（qiān）：震动与罪过。[3] 相失：互相失离。[4] 仲春：夏历二月。迁：流放。[5] 江夏：长江与夏水。夏水在今湖北境内。[6] 轸（zhěn）怀：悲痛地怀念。[7] 甲：甲日这一天。鼂：同"朝（zhāo）"，早晨。[8] 闾（lú）：里巷的门，居住的地方。[9] 怊（chāo）：悲伤。荒忽：即"恍惚"，神思不定之貌。焉极：哪里是尽头。[10] 容与：缓慢行进。[11] 楸（qiū）：梓树。太息：叹息。[12] 涕：泪。霰（xiān）：雪珠。[13] 夏首：夏水口。西浮：乘船向西而行。[14] 顾：

回头看。龙门：郢都的东门。[15]婵媛（chán yuán）：情思缠绵的样子。[16]眇：通"渺"，辽远。蹠（zhí）：践、落脚。[17]焉：于是。洋洋：漂泊无依的样子。[18]陵：同"凌"，登、乘。阳侯：传说中的波神，这里指波涛。[19]忽：飘忽。薄：到、止。[20]絓（guà）结：心有牵挂而忧思郁结。[21]蹇（jiǎn）产：曲折、不顺畅。[22]洞庭：湖名，在今湖南省北部。[23]终古：长久。[24]夏浦：夏水之滨，指夏口。[25]坟：水边高地。[26]州土：乡邑。平：土地平坦。[27]江介：长江两岸。遗风：指古代楚国遗留下来的淳朴风俗。[28]陵阳：即"陵阳侯"，指波涛。[29]淼（miǎo）：大水茫茫的样子。[30]曾不知：不曾料到。夏：通"厦"。丘：废墟。[31]东门：两座东面的城门。[32]忽：形容时光过得很快。[33]侘傺（chà chì）：困顿失意的样子。慼：同"戚"，忧伤。[34]外：外表。承欢：讨好。汋（chuò）：同"绰"。约，绰约。[35]谌（chén）：诚然。荏（rěn）弱：软弱。[36]湛（zhàn）湛：深厚的样子。[37]被离：通"披离"，纷乱的样子。鄣：同"障"，阻挡。[38]抗行：高尚的行为。[39]瞭杳杳：高远的样子。薄：迫近。[40]被：加在身上。不慈：对子女不慈爱。伪名：捏造的罪名。[41]愠怆（yùn lǔn）：忠诚的样子。[42]夫（fú）：指示代词。忼慨：同"慷慨"，激进的样子。[43]踥蹀（qiè dié）：小步行走的样子。[44]美：指贤人。超：远。

逾迈：远行。[45]曼：引，伸展。流观：四下观望。[46]首丘：传说狐死时把头朝向生它的小山丘。[47]信：确实。

本篇之深沉感人，古今悲慨。太史公司马迁读《哀郢》，便"悲其志也"。梁启超更是感慨："任凭是铁石人，读了怕都不能不感动。"不平凡的诗篇，必是出自不平凡的灵魂。屈原的灵魂虽已烟云散去，但是其诗作却从未暗淡。它们仍在千年后的今天，释放着震动人心的力量。这伟岸丰观的诗作，见证着屈原精神的不朽。读之，令人"泛澜掩卷，犹可想见红叶秋白之畔，有白发诗人，策杖行吟于苍烟暮霭中也"（杨胤宗）。

人生本身并不宝贵，宝贵的是充满意义的人生。钱锺书说："也许我们只是时间消费的筹码，活着的一世不过是为那一世的岁月充当殉葬品。"所以人生本就是沉痛苦难的一件事，当你执着并虔诚地期盼和等待的时候，生命已经浑然不知地偷渡过去了。而屈原用那超脱世俗的心灵语言宣泄着悲愤和无奈，暴露着丑陋和羞辱时，也流淌出了他对国家君王的拳拳之心，对百姓黎民的生死眷恋。屈原的人生因此而高贵。在命运赐予的有限的生命里，他塑造了超越芸芸众生的伟大灵魂。在他用积蓄于政治的强大能量铸就的伟大诗篇中，《哀郢》可谓是极为出色的一篇。

郢，无论是对于屈原还是楚国人民，都是寄予了深厚的生命情感的地方。它是楚国的心脏，是楚国命运的象征。它的风情神韵、温柔浪漫，使楚人为之欣喜沉醉；它的势力强盛、国富民安，使天下人神往。这座历史悠久的名城，牵系着每一个楚国人的心，它的沦落，也就预示着楚国前途的绝望。而此篇，正是诗人流放在外九年以后，在流放之地听到白起破郢的消息，于是回忆起九年前离开郢都、无奈流放的情景所写下的悲慨之作。诗中反复哀叹的，不是短暂的离郢，而是与郢都的永别。他以《哀郢》名篇，是对毁于一旦的国都的深切悼念，是对祖祖辈辈生长在郢都的子民的无限同情，是对个人忠而被馋的无奈伤感，是对小人误国的愤恨和责难。而屈原虽已被流放，心却无时无刻不在牵挂着日渐远去的祖国和人民，爱国深切，连故国的山川草木在他笔下都变得高尚了。

全诗共有66句，我们将其分为两个部分解读。第一部分从开头到"蹇侘傺而含慼"，诗人极写家亡国破、身遭窜逐的悲哀；第二部分从"外承欢之汋约兮"到最后，从外忧转而内患，自道其忧国忧谗之心。哀祖国人民，哀中有爱；哀小人谗毁，哀中有恨。爱憎分明，是非有别，种种哀怨、悲愤交加的情感凝聚成了《哀郢》这一整体，其间肝肠寸断、拳拳思返之情，有待一一析现。

全诗开头四句如晴空惊雷一般发出了撕心裂肺的哀号，奠定了全诗的基调。时则郢都失陷，逃难中的人民流离转徙，骨肉不能相顾。而因楚国君臣荒淫失道招致的事变，正是天命的无常带来的咎由自取，无辜的百姓有何罪责，为什么他们要遭受这无边的苦难呢？"仲春"是二月，是阴阳之中，是冲和之气，是人民和乐之时。可是这样欢乐的时候，却遭受离散之苦，何其悲哀！就像《诗经·采薇》中末句的"昔我往矣，杨柳依依；今我来思，雨雪霏霏"，征人昔日远行，那时春天的杨柳随风依依，而我今日回来了，却是雨雪满天纷飞。离别，本是件揪心的事情，何况是在万物萌动、情感勃发的春天。相逢，本是欣喜欢乐的景象，为什么是在冻彻人心的冬天呢？这就是所谓的以哀景写乐情，一倍增其乐；以乐景写哀情，一倍增其哀。人们遵循自然法则生活，享有自然的心态，一旦这种自然被破坏，且面对悖逆无能为力，其内心苦痛的程度就可想而知了。

"去故乡而就远兮，遵江夏以流亡。出国门而轸怀兮，甲之鼂吾以行。"沿着江夏之水东行，无还乡之期。故乡离诗人越来越远，心中是沉痛的怀念。仲春二月的甲日早晨，是诗人离开的时间。这一天，是郢都沦陷的一天，是屈原离开郢都的最后一天。诗人详细地记录下了这一天，因为这一天对于他和他的祖国人民都有极重要的意义。诗人出诸沉重的历史责任感，使他不仅与难民一道出发，也一起备尝流亡途中的情感滋味。所以有一种说法，根据"郢路之辽远"认定屈子此时身在远离郢都的流放所，不可能在戴罪东迁途中。认为"甲之鼂吾以行"中的"吾"其实是诗人使用的抒情表述策略，这种策略为了达到扑朔迷离的效果，使得在场者以非在场者的方式处之，使非在场者以在场者的方式处之。然而《史记·楚世家》

记载,顷襄王元年,秦出武关大举攻楚,第二年,民多逃亡。屈原和流离失所的民众一起开始了流放生涯,而诗中描写的出走情景,全是追叙之笔,并非出自诗人的诗性幻觉。

"发郢都而去闾兮,怊荒忽其焉极?楫齐扬以容与兮,哀见君而不再得。"从郢都出发抛离故土里巷的大门啊,心情惆怅、精神恍惚,何处是终极?船桨齐挥却依然徘徊不进,好像知道诗人恋恋思君不忍去。顷襄迁都于陈,而他南下沅、湘,眼睁睁地看着眷恋的热土成为尘封的往事,怎能不依恋伤怀啊。所以诗人说"不再得",不再得的何止是楚王、郢都呢,还有楚人热切的希望、屈原的希望,都在这"不再得"三个字里破碎了。而国破家亡,前路茫茫,不知何往,那份慌乱的心情更是亟须理清。

"望长楸而太息兮,涕淫淫其若霰。过夏首而西浮兮,顾龙门而不见。心婵媛而伤怀兮,眇不知其所蹠。"诗人举目回顾,望见的是故国的长楸树,长声叹息,涕泪淫淫就像雪珠般飘落。为什么要对长楸叹息?长楸这里代指郢都,《孟子》曰:"所谓故国者,非谓有乔木之谓也,有世臣之谓也。"即是说,乔木和世臣并举,是说一个有悠久历史的都城,必然有高大的树木作为它的标志。这和后人用松竹指故园,用松楸来指先人的坟墓,意义是相同的。船过夏首而向西漂浮,返顾郢都东关的龙门已经看不见。心中的思念伤透了情怀,远视渺然,不知何处停歇。这里诗人叙述了流亡的路线,他从郢都出发,"遵江夏"东行,到夏口,然后"西浮""南渡"是"过夏首"以后的转折方向,总的行程是自西向东的。所以下文还说到了"来东"和"西思"。"龙门"是郢都的城东门。郢都城东关有两门,就是下文说的"两东门",而"龙门"是"两东门"的总名。可见,诗人离开郢都,可能是从东门出城的。诗人渐行渐远,郢都在诗人的视野里渐渐消失不见。诗人回首以盼,可谓一步一回头,步步泪水流。"望长楸而太息兮",多少刻骨的思念都压缩在了这一声叹息里了。

"顺风波以从流兮,焉洋洋而为客。陵阳侯之氾滥兮,忽翱翔之焉薄?心絓结而不解兮,思蹇产而不释。"故乡已经隐出了地平线,诗人只能顺风波追随流水,泛泛漂泊成了流离客。凌驾着水神阳侯的泛滥波涛,匆匆忙忙像鸟儿翱翔,到何处停泊?相信屈原初放离开郢都时,一定没有这样的心无所放,一定还存有很多的希望,但是最后一次离开心情却完全不一样了。几乎陷入绝望,因为郢都沦陷、山河破碎是无法弥补的巨伤,一切都回不去了。他心乱如麻,实在无法消解。前面还能和郢都对话,这里只能和流水对话了。风波虽顺,可怜身已为客;水神虽可凌,却不知栖身何所。它只是无情东流去啊,哪管诗人寸寸欲绝的心。

"将运舟而下浮兮,上洞庭而下江。去终古之所居兮,今逍遥而来东。羌灵魂之欲归兮,何须臾而忘反。"诗人打算行驶船儿向下漂浮啊,上洞庭又下行大江。离开自古祖宗就居住的地方，逍逍遥遥去东方。洞庭湖有个很美的名字，谓之江南之梦。只是诗人此番前往，并非是为了寻梦。梦再美，屈原再浪漫，怕是在这流亡途中也无暇顾及了。"运""下""上""下""去""来"，这一连串的动词，告知着行途的匆忙，然而在匆忙的逃亡中，诗人还是反反复复地强调着灵魂的归乡。据说，古代有灵魂归乡的信仰，一旦抛离"终古之所居"，抛离祖庙祖坟，就可能成为游魂野鬼，因此灵魂思归的欲望也就更为迫切。可叹灵魂想要归去啊，它何尝一时一刻忘记返乡？

"背夏浦而西思兮，哀故都之日远。登大坟以远望兮，聊以舒吾忧心。哀州土之平乐兮，悲江介之遗风。"诗人已经离开了夏口，转向洞庭，所以离郢都就越来越远。大概诗人担心连灵魂也不能认识返乡之路了吧，因此他登上大堤去远望，希望姑且舒散些许忧愁。可诗人看到的是什么？乃是江山日非，有乡不得归。而江岸的人民依旧安居乐业，仿佛什么事情都没有发生，岂不可"哀"可"悲"？细究来，此乃事出有因。楚自建国以来，以汉水流域为根据地，不断向东发展。长江以南虽然也属楚领地，但毕竟还是闭塞的。所以这次强敌侵凌、国都沦陷的重大事变，在这里似乎找不到一点迹象。难怪屈原看到"州土平乐""江介遗风"之景象了。这些日常生活景象，可能都不会引起别人的关注，然而却让敏感的屈原又"哀"又"悲"，可见思念已经让诗人越来越脆弱。

"当陵阳之焉至兮,淼南渡之焉如?曾不知夏之为丘兮,孰两东门之可芜!心不怡之长久兮,忧与愁其相接。""陵阳"指大的波涛,"焉至"指波涛不知从哪里来,"焉如"指诗人不知向哪里去。孤立无援,使得离开郢都的屈原心情更加沉重。又何况秦军陷郢,大肆焚烧城阙宫殿,想到大厦已成废墟,谁又说得清楚郢都的两个东门是否荒芜了呢?实际上,此两句是对"州土""江介"之人民说的,他们既然不知道郢都的繁华宫阙已成废墟,那当然更不会想到两东门能够生长着荒芜的春草。内心长久之不愉快,到底是为了哪般?所忧者国难,所愁者个人处境,国忧和身愁交织在一起,怎么能消散啊!

"惟郢路之辽远兮,江与夏之不可涉。忽若去不信兮,至今九年而不复。惨郁郁而不通兮,蹇侘傺而含慼。"江水之北,夏水之西,正是郢都的所在地,而郢都如今已是沦陷在秦军的铁蹄下,"不可涉"即是不堪回首。回到现实中,屈原才猛然惊讶:恍惚间简直不敢相信,流放至今已是九年。这漫长的流放生涯,想起便让诗人隐隐作痛。久居偏僻的流放所,被磨难侵蚀的身心交瘁的屈原,一听到国难的消息,震惊之余,悲愤交加地写下这伟大的诗篇。

如彼国忧,如此身愁,根源何在?屈原难道就仅仅陷于震惊和哀伤的心理状态上?善于反思的屈原有必要在遥祭郢都的时候深思一下因果,并且找出了具有历史理性深度的综合性原因:"外承欢之汋约兮,谌荏弱而难持。忠湛湛而愿进兮,妒被离而鄙之。尧舜之抗行兮,瞭杳杳而薄天。众谗人之嫉妒兮,被以不慈之伪名。憎愠忳之修美兮,好夫人之忼慨。众踥蹀而日进兮,美超远而逾迈。"这里,承袭了屈原一贯的"美人喻君主"的作风,再次将楚君形容成"美人"。只是此时,这个美人的身价已经大跌,再也不是其心中日夜思念的"美人",而是一个轻佻的、虚荣的、爱好谗言而不知利害深浅的女人。她对外承欢讨好,媚态百出,实际上是内质软弱难以支持。忠厚之士愿近身,却被她身边嫉妒吃醋之人离析壅蔽。由此,屈原想到了令人仰慕的先贤——尧舜,他们的高尚德行,明亮高远可及天。可是众多谗人心怀嫉妒,给他们披上不慈的伪名。因为战国时候流行着一种不正确的言论,认为尧舜禅让对他们的儿子来说是不慈的,《庄子》里就有"尧不慈,舜不孝"的话。屈原的意思是,连尧舜这样具有美好品质的人都会遭到毁谤,可见谗人多么善于颠倒是非。在如此是非颠倒的情态中,就要看这外媚内弱的女子如何决断了。事实是令人扼腕的,在内忧外患如此紧要之时,她不知大局而仅凭个人好恶来处事。屈原叹息:她憎恶忠谨,无视身怀远虑者的美好素质啊,而偏好那些虚荣骄纵、夸夸其谈之小人。昏庸之辈奔走竞进,日日晋升,而内优外美、忠贞耿介者却被疏远、被流放!

这黑白不分、离心离德的政权体制啊,这昏庸的君臣,它们造成了楚国严重的、无法挽回的悲剧。这也是造成屈原国忧、身愁的根源。《战国策·中山策》记录了同样的事实,记

述了秦昭襄王称赞白起功拔楚都:"以寡击众,取胜如神。"白起则如此剖析楚亡:"是时楚王恃其国大,不恤其政。而群臣相妒以功,谄谀用事,良臣斥疏,百姓心离,城池不修,既无良臣,又无守备。故起所以得引兵深入,多倍城邑……"一个是破楚名将,一个是放逐流臣,或从战略角度分析,或从切身感受中揭示,竟然有如此多的不谋而合之处,可见楚国窳败已是路人皆知,不可收拾了。

明知不可收拾了,诗人还是对自己的处境和命运作了坚强而无可奈何的反省和收拾。他在乱辞中,以发自肺腑的最终呼喊,对远方失陷的郢都作了最后的遥祭:"曼余目以流观兮,冀壹反之何时?鸟飞返故乡兮,狐死必首丘。信非吾罪而弃逐兮,何日夜而忘之?"放眼远眺,周流观视,意欲再返回一次,可又在何时?鸟儿飞得再高再远也要回到故乡,狐狸死时也要头对着故乡。返乡情结连鸟兽都有,何况诗人,何况忠贞多情的屈原?"何须臾而忘反""何日夜而忘之"的深切依恋,诗人在"眇不知其所蹠"的漂泊中回首,从"望长楸而太息"到"顾龙门而不见",剩下的只是对故都的一草一木的深情眷恋。最后在"壹反何时"的万分无奈中,诗人不能不考虑生命的最后归宿问题了。在迟暮残年里,仍然有着少年意气的执着认定,重新迸发出伟大生命的光辉。乱辞数语,总结全篇,是曲折、复杂、悲痛的总结词:是思郢,也是哀郢;是思君,也是怨君;是对故土郢都的遥祭,也是对诗人自我的近祭。

怀 沙

原文	今译
滔滔孟夏兮，[1]	四月天气暖洋洋，
草木莽莽。[2]	草木丛生绿莽莽。
伤怀永哀兮，	我心里长怀悲伤，
汩徂南土。[3]	急急忙忙奔南方。
眴兮杳杳，[4]	眼前一片迷茫茫，
孔静幽默。[5]	四周寂静无声响。
郁结纡轸兮，[6]	愁思郁结聚心房，
离慜而长鞠。[7]	遭逢苦难时间长。
抚情效志兮，[8]	扪心自问细检点，
冤屈而自抑。	遭受委屈埋心间。
刓方以为圜兮，[9]	方的即使削成圆，
常度未替。	合理法则不能变。
易初本迪兮，[10]	违背正道变初心，
君子所鄙。	君子骂他是下贱。
章画志墨兮，[11]	依照规矩办事情，
前图未改。[12]	从前计划不改变。
内厚质正兮，	品质淳朴又端正，
大人所盛。	大人赞美合心愿。
巧倕不斵兮，[13]	巧匠如不动斧头，

孰察其拨正?[14]　　是好是坏咋分辨?
玄文处幽兮,[15]　　黑色花纹暗处藏,
矇瞍谓之不章。[16]　　盲人说它不明亮。
离娄微睇兮,[17]　　离娄微微睁开眼,
瞽以为无明。[18]　　瞎子笑他眼无光。
变白以为黑兮,　　白的把它说成黑,
倒上以为下。　　下边偏要说成上。
凤皇在笯兮,[19]　　凤凰关进笼子里,
鸡鹜翔舞。[20]　　鸡鸭得意想飞翔。

◎ 凤皇在笯兮,鸡鹜翔舞。
——(清)门应兆《钦定补绘萧云从离骚全图》

同糅玉石兮,
一概而相量。[21]
夫惟党人之鄙固兮,[22]
羌不知余之所臧。[23]
任重载盛兮,
陷滞而不济。[24]
怀瑾握瑜兮,
穷不知所示。[25]
邑犬之群吠兮,
吠所怪也。
非俊疑杰兮,
固庸态也。
文质疏内兮,[26]
众不知余之异采。
材朴委积兮,[27]
莫知余之所有。
重仁袭义兮,[28]
谨厚以为丰。[29]
重华不可遌兮,[30]
孰知余之从容?
古固有不并兮,[31]
岂知其何故?

玉和石头混起来,
不分丑恶和善良。
那帮小人品质坏,
不能了解我心肠。
担子重来装得多,
陷在泥里走不动。
怀抱美玉和珠宝,
处境窘困没人用。
村里群犬叫汪汪,
少见多怪乱起哄。
错把豪杰来怀疑,
认识能力太平庸。
外表平常蕴藉深,
没人认识我出众。
有用木料堆成山,
没人了解我能用。
积累品德靠仁义,
淳朴敦厚根基重。
大舜已死见不到,
谁能了解我心胸?
圣贤不能用时生,
是啥道理想不通?

汤禹久远兮,　　　　　商汤在禹离得远,
邈而不可慕!　　　　　想要学习难成功。
惩违改忿兮,[32]　　　暂且压抑心头恨,
抑心而自强。　　　　　锻炼意志更坚定。
离愍而不迁兮,[33]　　遭灾受难不悔改,
愿志之有像。　　　　　希望理想有标准。
进路北次兮,[34]　　　急忙赶路走过站,
日昧昧其将暮。　　　　无色阴沉近黄昏。
舒忧娱哀兮,　　　　　抒发忧愁慰我心,
限之以大故。[35]　　　殉难之期已临近。
乱曰:　　　　　　　　乱曰:
浩浩沅湘,　　　　　　沅江湘江浩荡流,
分流汩兮。　　　　　　汹涌澎湃奔前方。
修路幽蔽,　　　　　　道路黑暗又漫长,
道远忽兮。　　　　　　前途恍惚又迷茫。
怀质抱情,[36]　　　　怀抱美质也枉然,
独无匹兮。[37]　　　　没人把我来欣赏。
伯乐既没,　　　　　　伯乐已经不在世,
骥焉程兮。[38]　　　　骏马有谁还会相。
民生禀命,　　　　　　人人生来都有命,
各有所错兮。[39]　　　各自安排不一样。
定心广志,[40]　　　　意志坚定心胸宽,

余何所畏惧兮。	无所畏惧坦荡荡。
曾伤爰哀,[41]	悲哀无尽又无休,
永叹喟兮。	长长叹息把心伤。
世溷浊莫吾知,[42]	世上没人了解我,
人心不可谓兮。	且把悲哀心底藏。
知死不可让,	知道一死不可免,
愿勿爱兮。	愿将生命殉理想。
明告君子,	明白告语君子们,
吾将以为类兮。	你们是我好榜样!

（张家英译）

注释：

［1］滔滔：和暖。孟夏：阴历四月。［2］莽莽：草木茂盛。［3］汩：疾、速。徂（cú）：往、到。［4］眴（shùn）：即"瞬"，看。［5］孔：很。幽、默：静寂无声。［6］纡（yū）：委屈。轸（zhěn）：悲痛。［7］离：通"罹"，遭遇。愍（mǐn）：同"憫"，忧患。鞠：窘困。［8］抚：依循，检查。效：考核。［9］刓（wán）：削。圜（yuán）：即"圆"。［10］易初：改变初态。本迪：正道。［11］章：明确。画：规划。墨：绳墨，喻法度。［12］前图：初志。［13］倕（chuí）：传说尧时的巧匠。斫（zhuó）：砍。［14］拨正：使弯曲的东西成为正直的。［15］玄：黑色。文：同"纹"。

[16]矇瞍(méng sǒu):盲人。章:文采。[17]离娄:人名,古代目力最好的人。微睇(dì):眼睛眯起来看。[18]瞽(gǔ):盲人。[19]笯(nú):竹笼。[20]鹜(wù):鸭。[21]概:平斗斛的横木,引申为标准。[22]鄙固:鄙陋、顽固。[23]羌:语首助词。臧(zāng):善。[24]陷:陷没。滞:沉滞。[25]穷:尽,全。示:显示。[26]文:外表。质:内里。疏:朴素。内:同"讷",木讷,不善辞令。[27]材:有用的木料。朴:未加工的木料。委积:堆积。[28]重、袭:积累。[29]厚、丰:充实。[30]遌(è):遇到。[31]古固有:自古就有。不并:不能同时并生。[32]惩:戒。违:同"怨",恨。[33]离慜:遭遇忧患。[34]次:停息。[35]大故:死亡。限:限制。[36]怀质抱情:怀抱正直、感情真诚。[37]匹:伴侣。[38]程:衡量。[39]错:同"措",安排。[40]广:放宽。[41]曾:通"增",多次。爱哀:无休止的悲哀。[42]溷(hùn)浊:混浊黑暗。

《怀沙》是诗人屈原自沉汨罗前的最后一篇作品,是他的绝笔、绝命辞。人生是神秘难解的话题,生和死都不能由人决定。但是,人却在生中,拥有选择死的权利。人生的意义,生命的价值,在选择中决定。正是在选择中,屈原走进了伟人的行列。

李泽厚说:"'死亡'构成屈原作品和思想最为惊采绝艳的头号主题。"对于这个主题的形式,屈原为这颗孤独而高尚的灵魂选择了远避庸俗的方式。所以屈原没有像普通人那样,被动地等待死亡,而是选择了自杀,选择了主动死亡。正像法国的作家加缪所说:"哲学的根本问题是自杀问题,决定是否值得活着是首要问题。"(《西西弗斯的神话》)这么说,屈原则是"第一个以古典的中国方式在两千年前尖锐地提出这个'首要问题'的哲学家"!

如果没有自杀,也就没有如此高大丰满的屈原形象,他也不会占据着如此巨大的人类记忆空间。人的生命只有一次,不可以试验,更不可能重复。当屈原激越慷慨的劝诫无效,当眼睁睁无奈地看着生命所系的郢都沦陷,当前途渺茫回郢无望的种种困厄降临的时候,屈原只能以死亡来振发世人的思考。他的自杀,不仅使他摆脱了无意义的生存的困扰,也唤起了人们对他的生存、他的追求的思念和思考。他利用了这生命的最后一声钟响,向世界提出了一个令人震惊的问题:人生并不宝贵,宝贵的是充满意义的人生。失去了意义的人生,活着也是无异于死。他的死,震撼了历史,升华了他的人格价值;他的死,赢得了他在民族心中的永生。

《怀沙》最后一次展示了一个活泼的生命走向死亡前的痛苦抽搐和内心世界。题为"怀沙",《史记·屈原列传》录载其全诗,然后交代:屈原"于是怀石遂自沉汨罗以死"。所以,怀沙即是"怀石自沉"。王夫之《楚辞通释》解为"自述其沈（沉）湘而陈尸于沙碛之怀"。胡念贻《楚辞选注及考证》解释得更直接：怀，即归、依；沙，指水中。怀沙即沉江。其实对于怀沙的题意，分歧太多了。不管是说成感怀长沙，还是说怀沙石自沉，都不能否认的是，一颗独一无二的巨石此时陨落在了历史的天空中。唯一让人庆幸的是，在屈原的伟大人生即将谢幕的时候，他终于成了自己的导演。

　　本篇首先叙述了自己到放逐地的环境和心情。前十句写孟夏四月的时节，草木盛长，那莽莽繁茂的样子让诗人独自感叹，自己流放江南，不蒙君惠，甚至还不如草木呢！而诗人用"滔滔"来形容孟夏，大概只有在水边才能发此感叹吧。诗人在孟夏和煦的时候，却独自伫立江边，看着大水漫漫涌来，又像短暂的光阴一般流逝而去，怀有的心情是与四月的陶陶温暖不相匹配的冷清和凄寂。郢都已破，黍离之悲，诚是所谓"国破山河在，城春草木深"之况。"伤怀永哀"，可以说是贯穿屈原所有作品的主情调。只是这里，悲愤激越的力量少了，扼腕叹息的无奈感多了。眼前的异地江南山高泽深，静默无人。阳光折射在宽阔的水面上，隐隐约约，似有似无，诗人的视线一片迷蒙，也许是诗人累了。心中还有纠结的疼痛，长期遭受忧患的处境让诗人难以释怀。抚摸自己的心情，拷问自己的灵魂，发现自己备受冤屈，却只能自我压抑。诗篇开头便把人带进了一个孟夏四月临江抒怀的境界，以忧郁的心情体验着旷野上伟大的沉默。

如果屈原仅仅停留于在沉默中悲哀的水准上,就不会引发世人的共鸣、思考和敬慕了。屈原拥有在沉默中爆发的力量,这种力量震人心魄,因为它具有理性思维和感性情绪交融的魅力,使得它的诗歌那么丰满,那么有质感。"刓方以为圜兮,常度未替。易初本迪兮,君子所鄙。章画志墨兮,前图未改。内厚质正兮,大人所盛。巧倕不斫兮,孰察其拨正?"这里的比喻远离了香草美人,它涉及的是本、初、度、图、质、正等生命与人格的本质性概念。"刓方为圜"是指世事将人的方正品格消磨得圆滑,但是诗人抵抗这种消磨,坚持规矩和法度不变。而改变原初的本然之道,是君子所鄙弃的。那么,什么是屈原眼中的"君子"?是"纷吾既有此内美兮,又重之以修能"(《离骚》);是"深固难徙,更壹志兮"(《橘颂》);又是"章画志墨兮,前图未改……"这就是诗人树立的"君子"和"大人"的人格理想,在屈原看来,生命的价值在于人格品性的崇高感和坚定性。

可是这种人格理想在丑恶的现实中,注定要承受很多磨难。"高处不胜寒"啊!人格越高尚,反而会陷入越深沉的困顿之中。"玄文处幽兮,矇瞍谓之不章。离娄微睇兮,瞽以为无明。变白以为黑兮,倒上以为下。凤皇在笯兮,鸡鹜翔舞。同糅玉石兮,一概而相量。夫惟党人之鄙固兮,羌不知余之所臧。"这里的"玄文"和"离娄"都是用来比拟高尚的人,而

"矇瞍"和"瞽"则盲目无眼光。深色的花纹放在幽暗之处,眼矇者就认为它不明显,视力极强的离娄眯缝着眼睛,盲者就以为和自己一样看不见东西。这可笑而荒唐的比喻就是屈原切身所处的环境。更可悲的是,在那个环境里颠倒是非:改变白色以为黑色啊,颠倒上头以为下头;凤凰关在笼子里啊,鸡鸭却在欢欣飞舞;把美玉和石块混杂一起,放在斗桶里用一条刮子刮平估量。以鄙固者的眼光视察,怎么能知道我的善处所在!他们道德鄙陋、态度顽固,只会把是非颠倒、美丑杂糅。传统的是非观、价值观被完全毁灭!丑的、恶的、臭的、趾高气扬的,统治了世界。善的、美的、香的,反而被践踏、抛弃。而要让无德者尊德,何异于缘木求鱼?屈原这充满理性光芒的描述里,在含沙射影的谴责里,闪烁着意味深长的激愤和悲慨。他要以最后的宣判,将丑陋的行径和自己的身体一起埋葬。

诗人努力压制自己的情绪,但是哀怨随着理性剖析的深入却愈加浓烈了。"任重载盛兮,陷滞而不济。怀瑾握瑜兮,穷不知所示。邑犬之群吠兮,吠所怪也。非俊疑杰兮,固庸态也。文质疏内兮,众不知余之异采。材朴委积兮,莫知余之所有。"诗人说:负担太重而且装载过满啊,车子陷滞而不能度过;怀抱着美玉,手握着宝石,却穷于不知如何示人。何以如此?因为村邑的狗整天成群地狂吠,对着它们惊怪的人;毁谤贤俊而疑忌豪杰,本就是庸人习惯于卑鄙庸俗的缘故。所谓

"德高者不合于众，行异者不合于俗，故为犬之所吠，众人之所讪也"（《楚辞补注》）。这样想，诗人也就想通了。谁让自己能文能质，内心疏达呢，凡俗之人怎能知道我熠熠的文采。材木累积在一起，只有鲁班才能别其好丑；国民众多，只有明君才会发现才俊。可惜自己生不逢时，乱世生涯里，内在美无人欣赏，济世才无人颂扬，只落得寥寥落落一生。

"重仁袭义兮，谨厚以为丰。重华不可遻兮，孰知余之从容？古固有不并兮，岂知其何故？汤禹久远兮，邈而不可慕！惩违改忿兮，抑心而自强。离愍而不迁兮，愿志之有像。进路北次兮，日昧昧其将暮。舒忧娱哀兮，限之以大故。"人在逆境中总要梦想自己的人格偶像，以坚定自己的生命意志。在古人的心目之中，偶像的不再入梦，似乎意味着不久于人生的预感。《论语·述而篇》记载孔子之言："甚矣吾衰也！久矣吾不复梦见周公！"就像周公在孔子心目中的地位一样，屈原的精神偶像是重华。从《离骚》到《九章》，诗人八次提到了"重华"，形成的鲜明的"重华情结"。《离骚》有："济沅湘以南征兮，就重华而陈词"，只有重华才是诗人的心灵沟通对象；《涉江》有："驾青虬兮骖白螭，吾与重华游兮瑶之圃"，只愿与重华奇服出游。而本诗，仿佛确实到了"甚矣吾衰也"的地步了。积累着仁和义，外在是谨严深厚，内在是丰富有修养，这些都是为了逢到像舜帝重华那样的明主。事实证明，重华与自己无缘，这个世界上没有人知道自己的胸怀抱负了。成汤、大禹已成久远,邈远得不可追慕。不能与他们并时而生,这就是此生壮志难酬的原因吧!对于这种命运的安排,诗人已经看透了。所以改变愤恨不平的心情,暂且自勉自强吧!遭遇忧患也不思迁,但愿能存于后世人心中,成为圣贤的典范。"进路北次"改变全诗开头南行的路径,转向北方,也就是诗人故里和郢都的方向。大概是"鸟飞返林,狐死首丘"的意图吧!但是日暮曲折难行,不能前进。且舒展自己忧郁的心灵,以悲哀当作愉悦吧。理想不能实现,内心已经心安理得地接受死亡的极限了。死亡,再也不像黑色的梦魇让人恐惧,而像绚烂的残阳那样将一个高洁的生命送向了永恒。

本诗的乱辞很长,共有24句。乱辞的"兮"字的位置也与正文不同,放在了句末。也许是语重心长,叹息的意味更加浓重了。这里的开头"浩浩"和全诗开头"滔滔"相呼应,思绪绕了一大圈,又回到了眼前的流水。诗人在吟味生命之时,重点关注的还是自己无可比拟的优秀品质,就像一匹千里马,原应驰骋沙场一显身手,却因无善于相马的伯乐而无人问津。浩浩沅湘,分汨而流,道路悠长而艰险,但终要归乎于海的怀抱。而诗人零落一身,独无所归,也不愿在无休无止的叹息中苟且生存了。

叔本华在《人生的智慧》中写道:"生命的幸福与困厄,不在于降临的事情本身是苦是乐,而端视我们如何面对这种事情,我们感受性的强度如何。"如果将屈原的悲剧归结于屈原本身的脆弱和敏感，我相信所有人都不会赞同。屈原的悲剧是历史无情的戏弄，是屈原自己高尚的节行使他不同于蝇营狗苟的奸臣，是他超脱于世俗的伟大灵魂的无处安放，是他坚定独立和不愿违背良心的神圣人格。人固有一死，或轻于鸿毛，或重于泰山。而操守着崇高理想的屈原，肯定会将自己的死亡列入泰山的一列。所以，他壮烈地自杀了。在死亡面前，屈原渐渐地泯灭了悲喜哀乐，他仍旧自信而坚定。他还清醒地告诫君子，要以他作为精神榜样。

诗人独立水边的生命感怀，是他对生命价值的最后体验。那用死亡作为极限，又以人格理想作为跨越界限、薪火相传的精神源泉，随着流水流至今天，流向明天和永远，浩浩而来，滔滔不已。

肆 浪漫多情
——《楚辞》的文学特征

(一)想象奇异

阅读《楚辞》,读者首先感受到的就是屈原伟大的艺术创造能力,这种高度的"创造的想象"产生了如此伟大绝伦的文艺作品。

这里也说历史兴衰、道德伦理,但全不同于先秦诸子的哲学阐述,他用诗歌的抒情形式,用系统的美人与香草之喻,将浪漫的神话传说与现实生活有机融合,创作出了独一无二的楚辞。

他将《诗经》的比兴手法,上升为象征体系,其中包括动物系统、植物系统、事物系统、人物系统。如《离骚》中提到的植物(香草树木)有24种,用来表现自己的高洁品质,表现楚国政治的黑暗,表现所树人才的变质,表现对美好理想的追求。屈原在作品中,喜欢以香草作衣服、佩饰,喜爱以香草作吟诗,喜爱手持、把玩香草,喜爱以香草作礼物,喜欢在充满香草的环境中漫步流连。他有时以香草自称,有时又用来指称他最尊敬的或追求的人。总之,他喜欢将一切事物,尤其是正面的事物与香草联系起来。尤其在其早年之作《橘颂》中,屈原有感于橘树的一系列美质,托物寄情,借物喻志,说橘时,则把橘树人格化,颂橘即是自比;说志时,则把人物化,自颂而借之于颂橘。显然,《橘颂》所表现的是一种性格、一种纯洁的向往、一种清醒的理念、一种人生的宣言,而最令人感动的是那深固难徙的乡国之情、汲汲自修的自励品质、独立不迁的人格保持——这些美质一直"定格"到屈原的晚年,并贯穿于其整个艰难而漫长的人生探索进程之中。

他作品的"香草美人之喻"还表现为以男女关系象征君臣关系。如《离骚》中他将自己打扮成美女,并以香草为饰、以香草为饮食表现自己的好修。他想象君亦为美人,所以有"恐美人之迟暮"的感叹。他期望两美相投,君臣契合。因为他将自己假设为女性,所以又将群小嫉贤比为众女嫉美,以男女婚约的变化比喻君臣关系的改变,以美女被弃表现自己的见疏,以弃妇的哀怨剖白表现自己的愤懑、希冀,而劝说之人亦托之于女性(如"女媭")。诗人不甘心于自己的失意、侘傺,于是又将主人公幻化为男性,以求女的方式表现自己执着而热烈的追求。为了求君信任,他以执着追求表现自己的急切与忠诚,以求媒致辞喻求通君侧之人,以终无所合表现自己的窘困苦恼,以闺中邃远难求喻楚怀王固执而不悟,以外出求女喻出仕他国。这样,以男女关系象征君臣关系,既符合当时的男女尊卑观念,又有利于表现热烈奔放、大起大落的激越情感,有利于展现他所希望的与君主的密切关系以及君臣契合的标准:双方志同道合,而且各有限制。当然,屈原作品的"求女",也是对政治理想、道德理想、美学理想的追求。

又,楚地神话资料保存最为丰富,《山海经》《庄子》《楚辞》《淮南子》这些楚地著作中都涉及大量的神话传说,出七的《楚帛书》亦记录了当时楚地流行的神话传说。屈原的楚辞作品中熔铸了大量的神话材料。《离骚》上下求索,描绘出一个神话天国;《天问》用神话和传说来追问天理;《九歌》则直接以神灵为描写对象。如此种种,屈原以其超乎寻常的艺术创造力和无穷的想象力为驱动,役使各种神话元素,熔铸成了文学上的浪漫而瑰丽的神境。后代涉及神话、仙话的文学创作,受其影响很深,郭璞、李白、李贺诸位诗人,无不受其影响。

屈原何以能创作如此奇文?王国维说:"南人想象力之伟大丰富,胜于北人远甚。彼等巧于比类,而善于滑稽:故言大则有若北冥之鱼,语小则有若蜗角之国;语久则大椿冥灵,语短则蟪蛄朝菌;……此种想象,决不能于北方文学中发见之。"王国维此语多涉《庄子》,庄骚俱以想象力之奇特而并称,《庄子》说理多寓言,而《楚辞》抒情却更关注现实,二者虽构思有异却都为楚地奇文而特异中原。这究竟分别是庄子和屈原个性的天才创造,还是楚地环境的影响,都有待我们继续去揣摩分析。

(二)情感炽热

诗歌的本质是抒情,而"抒情"一词在《楚辞·九章·惜诵》中就已出现:"惜诵已至愍兮,发愤以抒情。"意谓悼惜国事,秉忠进谏,以表达忧恤之心;发泄悼惜诵谏之愤,申抒忠君爱国之隐。这表现了一种借诗歌抒怨泄愤的创作意识，也对屈原作品的抒情性、个性化以及政治失落后的巨大苦闷作了说明。

艾青说："作为诗，感情的要求必须更集中，更强烈；换句话说，对于诗，诉之于情绪的成分要更重。别的文学作品，虽然也一样需要丰富的感情，但它们还可以借助于事件的发展的逻辑的推理，来获得作者思想说服的目的；而对于诗来说，它却常常借助于感情的激发，去使人们欢喜与厌恶某种事物，使人民生活得更聪明，使人民的精神向上发展。"

屈原具有敏感、忧郁、烦躁、易幻想、情感丰富来得迅捷而又转换极快的个性，我们在他的笔下感受到的，往往是他的孤独、压抑以及由此引发的带有"扩张性"的现实黑暗的氛围。

他的情感体验非常丰富，这里既有个人爱情的甜蜜与痛苦体验，亦有崇高的爱国情感。他们表现出来既有欢乐亦有痛苦，而悲伤、哀怨、忧愁、遗憾、愤怒居多。他一方面伤国君之昏庸、斥小人之猖獗、哀众芳之变质，另一方面又自伤、自慰、自誓。整个楚国政治的黑暗与诗人强烈的恋乡兴国之感都是通过诗人第一人称的口吻逐渐揭示出来。他时而平静理智，时而热情迷狂，时而沉郁悲痛，将自己内心炽热而矛盾的情感世界通过直抒胸臆的抒情方法表白出来。

一切好诗都是诗人真情挚感的自然流露，情不深则不足

以动人心弦,不足以惊心动魄,不足以文垂千载。正因骚人多情、以情纬文,才能令后世读而无不流泪、无不悲慨。而骚人的情感也成为民族的独特记忆,跨越千载,逐渐沉淀下来,成为我们民族共同的精神财富。

伍

日月齐光

——华人处处是端阳

(一)楚辞的地位与影响

屈原和楚辞对后代的影响主要表现在两个方面,一是在政治思想上,二是在文学创作上。

郭沫若《屈原研究》说:"由楚所产生出的屈原,由屈原所产生出的《楚辞》,无形之中在精神上是把中国统一着的。"屈原精神是我们中华民族优良传统的重要组成部分。屈原追求的忠君爱国、独立不迁、上下求索、好修为常的人格境界,刘安认为"可与日月争光"。影响后人的,主要是他的爱国行为与品行操守。可以这样说,屈原的伟大之处与悲剧之源,就是对故乡、故国过分的眷恋,对人格美的过分珍惜。屈原至死没有离开楚国,用生命殉了自己的理想,用毕生追求为自己建立了一座非物质的纪念碑,从而对民族传统、伦理意识产生了巨大的作用。列宁认为:"爱国主义就是千百年来巩固起来的对自己的祖国的一种最深厚的感情。"屈原将自己的命运与祖国的命运联系在一起,对"最深厚的感情"——爱国主义的星辰,具有无法估量的实践意义与理论价值。

屈原死后,司马迁将他的死与楚国的亡联系起来,在《史记·屈原贾生列传》中写道:"屈原既死之后……其后楚日以削,数十年竟为秦所灭。"蒋骥《山带阁注楚辞·楚世家节略·按语》说得更明确:"原死骨肉未寒,而国势土崩瓦解如此","呜呼！国以一人兴，以一人亡"。因此，屈原作为"爱国者"和"爱国诗人"，其"爱国精神"与"爱国思想"对后人是有震撼力与感召力的。闻一多说："最使屈原成为人民热爱与崇敬的对象的，是他的'行义'，不是他的'文采'。"在漫长的中国古代社会中，在人民反抗强暴、维护正义的时候，在外族入侵、国难临头的时候，在遭受打击、深处逆境的时候，我们都能看到屈原精神的再现与重演，屈原精神成了历代人们追求、抗争的动力与源泉。如南宋时期，辛弃疾声称"我亦卜居者，岁晚望三闾"（《水调歌头》），而且"手把《离骚》读遍"（《水调歌头》），"细读《离骚》还痛饮"（《满江红》）。再如郑思肖，宋亡后取号"所南"，改字"忆翁"，隐居吴下，坐卧不北向。据《遗民录》载，他"精墨兰，自更祚后，为画不画土，根无所凭借。或问其故，则云：'地为人夺去，汝有不知耶？'"这儿的"更祚"，即指改朝易代、江山易主、由宋入元。宋朝灭亡后，他画兰就画无根兰、露根兰、无土兰，寄托他的亡国之思。他曾自题画兰云："一国之香，一国一殇，怀彼怀王，于楚有光。"展现了兰花之高洁、贞操、美节，将兰花、屈子、所南融为一体。元代倪瓒《题郑所南兰》诗云："秋风兰蕙化为茅，南国凄凉气已消。只有所南心不改，泪泉和墨写《离骚》。"身处元代末年的倪瓒成了宋末遗民郑思肖的知音，而沟通二者的即是屈原的爱国操节。

再说抗日战争时期，为了发扬屈原眷恋祖国、坚持真理、坚持正义、反对侵略、反抗强暴的精神，一大批楚辞学者将楚辞教学、研究与政治斗争结合起来，最有代表性的学者是郭沫若、闻一多。郭、闻没有参加20世纪20年代的楚辞研究，闻一多至34岁、郭沫若至42岁才不约而同地投身于"楚辞研究"领域，并迅速成为"抗战"时期楚辞研究的领袖人物。郭沫若曾自述："虽然我不曾自比过歌德，但我委实自比过屈原。"他还特别强调过屈原研究的时代意义："正当屈原的纪念在民间逐渐失掉它的本意的时候，整个中国的局面又处到了两千多年前楚国所遭过的境遇，外有比虎狼之秦更横暴的日寇，内有比上官大夫令尹子兰楚怀王和郑袖等等更坏蛋的卖国君臣，因此屈原的影像又特别放大了镜头。"所以，郭沫若将屈原研究与实际斗争结合起来，特别是他在1942年创作了话剧《屈原》，轰动重庆，"万人空巷识薰莸"。而闻一多，学生称他"从面部到灵魂深处就是屈原"，他最爱做关于屈原的演讲，常说："为什么两千年来中国人民这样崇拜屈原，我到现在才懂，原来屈原是人民的诗人，为人民写诗，为反抗昏乱的政权，效忠人民而死的。"1945年，他在昆华中学讲演时说："《离骚》的成功不仅是艺术的，而且是政治的，不，它的政治的成功，甚至超过了艺术的成功"，"如果对于当时那在暴风雨前窒息得奄奄待毙的楚国人民，屈原的《离骚》唤醒了他们的反抗情绪，那么，屈原的死，更把那反抗情绪提高到爆炸的边沿"，"历史决定了暴风雨的时代必然要来到，屈原一再地给这时代执行了'催生'的任务"。所有这些,都起到了无法替代的鼓动作用与斗争威力。

屈原作品在文学上的影响,可以说"前人之述备矣"。东汉王逸《楚辞章句·序》云:"屈原之辞,诚博远矣。自终没以来,名儒博达之士,著造辞赋,莫不拟则其仪表,祖式其模范,取其要妙,窃其华藻,所谓金相玉质,百世无匹,名垂罔极,永不刊灭者矣。"鲁迅《汉文学史纲要》亦云:"逸响伟词,卓绝一世。后人惊其文采,相率仿效。以原楚产,故称'楚辞'。较之于《诗》,则其言甚长,其思甚幻,其文甚丽,其旨甚明,凭心而言,不遵矩度。故后儒之服膺诗教者,或訾而绌之,然其影响于后来之文章,乃甚或在三百篇以上。"总结起来,其在文学创作上的影响、地位主要表现在:其一,开创了个性化的文学;其二,推动了爱国主义文学的形成和发展;其三,开创了新的诗歌体裁;其四,奠定了我国浪漫主义诗歌的优良传统;其五,提出了"发愤以抒情"的悲剧理论;其六,形成了中国山水文学发展的基础。

《楚辞》与屈原在国外的影响也很大。730年《楚辞》传入日本,日本人的起源极可能是楚人,日本史学界有人主张"楚国是日本人的故乡"这一观点。1972年,日本首相田中角荣访华,毛泽东主席赠送的礼品就是朱熹的《楚辞集注》。在西方,《离骚》的翻译先后有1852年费兹曼的德译本、1870年德理文的法译本、1879年庄延龄的英译本、1900年桑克谛的意译本。1953年，屈原被推举为世界文化名人。1959年，英国学者霍克思出版了《楚辞》的全译本。《楚辞》在国外汉学界越来越受到关注，成为中外文化交流、研究的一个热点。

屈原于当今社会生活，亦无处不在。中宣部批准第一批纪念性塑像名单，共选出对中国发展有贡献的中外名人78位，屈原名列其中。有专家列出"代表中国文化的40种书"，其中"文学10种"，《楚辞》名列第二。1992年全国高考语文试卷有一副对联：何处招魂，香草还生三户地；当年呵壁，湘流应识九歌心。此为清代秦瀛《题岳麓山三闾大夫祠》楹联。中央电视台《神州风采》栏目播出系列片《中国历史名人》，第一批十集推出十人，屈原名列孔子、孙子之后。国家邮政局发行"中国古代文学家"（第二组）纪念邮票一套，共4枚，即陶渊明、曹植、司马迁、屈原。"屈原"票值最高，为一元。中国社会科学院、团中央、《中华读书报》组织讨论"跨世纪的中国人该读什么书"，历时三个月，最后确定60本，《楚辞》名列第25本，推荐者写道："拥有天神与山鬼的奇幻、美人与芳草的纯美以及九死不悔的执着激情，在两千多年前的楚国，才华绝世的诗人写下了这绚丽华艳的乐章。歌声中融汇了对生命的礼赞、对宇宙的探询、对真善美的追求以及对高洁理想的忠贞……"

——不需辞费，我们的屈原、不朽的屈原，将永远活在人们的心中，成为我们的人生楷模与精神偶像！每当我们穿越遥远的时空,冲破历史的尘封,揭示这位"世界文化名人"的本来面目时,我们就能看到有血有肉的人生、如火如荼的抗争,就能听到声泪俱下的倾诉、永恒久远的回响!

(二)一人独享的节日——端午

虽然屈原自沉的年月日不详,但关于屈原自沉而死却是学术界基本公认的。至于屈原自沉的日期以及自沉后的情况,一些民间传说对此作了补充。梁代吴均《续齐谐记》:"屈原五月五日自投汨罗而死。楚人哀之,每至此日,竹筒贮米,投水祭之。汉建武中,长沙欧回,忽见一人,自称三闾大夫,谓君见祭,甚善。但常为蛟龙所窃。可以楝树叶塞其上,以五彩丝缚之。此二物,蛟龙所惮也。回依其言。世人作粽,并带五彩丝缚及楝叶,皆汨罗之遗风也。"

而端午节是中国四大传统节日之一,已经是国家法定假日。其历史原貌也非常久远但清晰。

首先,五月是一个恶月,不是一个寻常、吉祥的月份。《礼记·月令》:"是月也,长日至,阴阳争,死生分。"《燕京岁时记》:"京师谚语:善正月,恶五月。"《吴中岁时杂记》:"五月……俗又称毒月,百事多禁忌。"梁代宗懔所撰《荆楚岁时记》是现今保存最为完整的一部古代记录楚地岁时节令、风物故事的笔记体散文,是目前关于端午节起源最权威的资料,里面记载道:"五月俗称恶月,多禁。忌曝床荐席,及忌盖屋。"

其次,五月五日是一个恶日。《荆楚岁时记》云:"五月五日,四民并踏百草,又有斗百草之戏。采艾以为人,悬门户上,以禳毒气。""以五彩丝系臂,名曰辟兵,令人不病瘟。又有条达等织组杂物以相赠遗。""夏至节日食粽。周处谓为角黍,人并以新竹为筒粽。练叶插五彩系臂,谓为长命缕。"今湖北秭归还保留了端午、夏至食粽的习俗。

第三,五月五日不仅是一个恶日,而且是一个死亡日、灾难日、恐怖日。传说在这一天,"五毒"出现、恶气冲击,同时死亡者亡灵与阴魂又最容易在这一天出现。《太平广记》记载张仁宝"年少而逝",端午日"叩门"而返。《琴操》:"介子绥……抱木而死,文公令民五月五日不得发火。"《书钞》一五五引《邺中记》:"并州俗以介子推五月五日烧死,世人为其忌,故不举饷食。"《史记·孟尝君列传》:"文以五月五日生,婴告其父母:'毋举也。'"理由是"五月子者,长与户齐,将不利其父母"。

此外,端午节的所有民俗均与祭神礼先、避瘟驱鬼、消除五毒有关,包括招魂;镇鬼,如挂钟馗像;食粽;虎威;喝雄黄酒;药浴;以"五色"避邪,如长命缕;龙舟竞渡;等。

端午节内涵的演变与纪念屈原紧紧联系在一起,关于端午节起源最广为人知的说法即是源于纪念屈原。

《荆楚岁时记》云:"是日,竞渡,采杂药。按:五月五日竞渡,俗为屈原投汨罗日,伤其死,故并命舟楫以拯之。舸舟取其轻利谓之飞凫,一自以为水军,一自以为水马,州将及土人悉临水而观之。"《拾遗记》最早把屈原、龙舟竞渡和端午节记录下来并联系在一起。

我们可以推测屈原充分了解端午节的本质内涵:人们普遍具有对死亡的恐惧、对瘟疫五毒的恐惧;人们普遍关心每年的这一天发生了什么大的变故、事件。屈原晚年流放在沅、湘一带,那里环境险恶,面对故都日远,长年不复,"被发行吟泽畔,颜色憔悴,形容枯槁",于无可奈何之际,遂选择五月五日这个恶日自沉于汨罗江中,希望用自己的毁灭、死亡来唤醒麻木荒唐的君王。

正如普希金《纪念碑》所云:"我为自己建立了一座非人工的纪念碑,在人们走向那里的路径上,青草不再生长。我不会完全死亡——我的灵魂在圣洁的诗歌中,将比我的灰烬活得更久长。"总之,屈原自身的人格魅力以及对"五月五日"的选择,使纪念屈原与端午节逐步叠合,屈原进而成为端午节的主角,成为他一人独享的节日。屈原与端午节,是我们民族的记忆、文明的延续,是我们的精神家园,是我们的无形资产。

有诗为证:

蒲艾青青喝雄黄,龙舟点点粽叶香。

千年传承蓝墨水,万里追怀汨罗江。

屈原求索成主角,驱邪消灾吊国殇。

兰蕙朵朵应有意,华人处处是端阳。